《中國成語大會》欄目組 編著

趣說成語的故事

自然篇

新雅文化事業有限公司
www.sunya.com.hk

目錄

池

4　殃及池魚
8　酒池肉林
12　不敢越雷池一步

海

52　八仙過海
56　滄海桑田
60　海納百川
64　精衛填海
68　排山倒海

地

16　出人頭地
20　彈丸之地
24　肝腦塗地
28　捲土重來
32　天經地義
36　一敗塗地
40　因地制宜
44　用武之地
48　此地無銀三百兩

河

72　楚河漢界
76　過河拆橋
80　口若懸河
84　氣壯山河

山

88　藏之名山

92　東山再起

96　高山流水

100　名落孫山

104　一葉障目

108　愚公移山

112　執法如山

116　重於泰山

石

120　投石問路

124　頑石點頭

128　以卵擊石

水

132　杯水車薪

136　背水一戰

140　車水馬龍

144　覆水難收

148　沆瀣一氣

152　竭澤而漁

156　如魚得水

160　水到渠成

164　水滴石穿

168　水深水熱

172　隨波逐流

176　滔滔不絕

180　一衣帶水

184　成語小狀元

192　成語小擂台

參考答案

194　成語歡樂谷

201　成語小狀元

202　成語小擂台

殃及池魚

yāng jí chí yú

在古代，人們為了保障城市安全，除了築起高高的城牆和城門之外，在城的四周還會挖一條護城河，不讓敵人輕易攻進城裏。再者，古時的建築用的多是木材，人們要很小心地提防火災，護城河的水在發生火災時就可以用來救火。

據說在宋朝時，有一座城池，平日裏安靜祥和，護城河裏的魚兒也過着舒適、自在的生活。

有一天，城門突然發生火災了。一條魚兒發現了，大叫道：「不好了，不好，城門失火了，我們快跑吧！」可是其他魚兒都沒有理會，因為牠們覺得護城河距離城門頗遠的，而且火不會燒到河裏來，用不着大驚小怪。結果好多魚兒都沒有逃走。

這時，城中百姓紛紛拿着水桶、水盆，急匆匆地跑來護城河盛水救火。不一會兒，火被撲滅

了，護城河裏的水也沒剩下多少了，留下來的魚都因為缺水而死了。

　　這就是「城門失火，殃及池魚」的故事，也叫「殃及池魚」，比喻無辜被連累而遭受災禍。

延伸小知識

　　有時候，我們以為一些跟自己沒有關係的事情，可能是間接地跟我們聯上了關係，只是我們沒有察覺。就像故事裏的火、水、魚，其實是有聯繫的。護城河的水能夠撲滅城門的火，這是直接聯繫，魚兒與城門失火則是間接聯繫。

　　萬事萬物環環相扣，互相影響，我們做人處事，應該善於觀察和思考，看透事物之間的關聯。

「城門失火，殃及池魚」最初的出處，也有說是與一位池姓人物有關。據說當時有個人姓池名仲魚，住在城門旁。城門失火，燒到了他家中，池仲魚被燒死。後來「池仲魚」這個名字謠傳為「池中魚」，便成了「城門失火，殃及池魚」。

和「殃及池魚」這個成語意思相近的，還有「唇亡齒寒」、「巢傾卵破」等。

「巢傾卵破」出自《後漢書·孔融傳》，說的是一個悲慘的故事。孔融性格剛直，惹怒了曹操，後來遭人陷害，孔融被判處死刑，家人也被株連。

當時他的兒子、女兒年紀不過十歲，因為年幼，所以暫時沒被殺害。孔融被捕時，他們正在下棋，一點兒反應也沒有。旁人問他們：「父親被捕，你們為什麼一點兒反應都沒有？」孩子們答道：「巢被毀壞了，裏面的鳥蛋怎麼可能不被破壞？他們難道會讓我們活很久嗎？」曹操知道這件事後決定把這兩個孩子都殺掉，斬草除根。孔融的女兒對哥哥說：「如果死後能見到父母，難道不是我們最大的願望嗎？」說完面色不改，從容就刑。知道這件事的人，無不為這兩個孩子感到悲傷。

在方格裏填上適當的字,把各個成語連接起來。

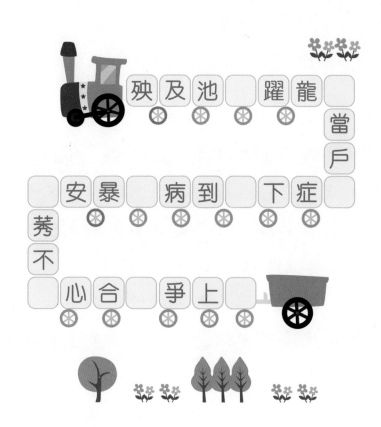

殃 及 池 躍 龍 當 戶

安 暴 病 到 下 症

莠 不

心 合 爭 上

成語放大鏡

大驚小怪	形容因為不足為奇的小事而過分驚訝。
唇亡齒寒	嘴唇沒有了,牙齒就會覺得寒冷。比喻關係密切,利害相關。
斬草除根	徹底除掉禍根,不留後患。

酒池肉林

jiǔ chí ròu lín

　　商紂王是商朝的末代帝王，他整日荒廢朝政，不理政務，胡作非為。為了懲罰那些反對他的人，他隨意施行殘暴的酷刑，所以他又是歷史上有名的暴君。商紂王還喜好美色，寵愛妃子妲己，過着驕奢淫逸的生活。

　　此外，紂王大興土木，建造了許多華麗的宮殿。他讓人建造了宏偉的鹿台，高度竟然有一百七十多米，大約是五十層樓的高度！如此龐大的工程，花了七年才得以完工，勞民傷財，可是這樣的工程只是為了供紂王自己玩樂，收藏珠寶財物。可想而知，當時的百姓紂王極度不滿，怨聲載道。

　　鹿台建成以後，紂王的生活更加糜爛，他下令挖了一個池，裏面裝滿了酒，然後把各種動物的肉割成大塊，一塊一塊地掛在酒池附近的樹林

裏，以便他在這裏遊玩的時候，隨時隨地都有酒喝、有肉吃。這就是所謂的「酒池肉林」。他與妃子在裏面互相追逐嬉戲，終日只顧吃喝玩樂。

紂王暴虐無道，嚴刑重罰，失去民心，商朝最終就是亡在他的手裏。

「酒池肉林」就是從紂王糜爛的生活中引申出來的成語，形容生活荒淫、極端奢侈，毫無節制。

延伸小知識

紂王有多奢侈，你能想像到嗎？據考古學家研究發現，這個酒池大得可以在上面乘船，池裏的酒足夠三千人一起喝，釀酒剩下的酒糟能堆積成一座小山。

紂王的奢侈與百姓的貧寒形成鮮明對比，真是「朱門酒肉臭，路有凍死骨」。紂王無道，導致朝政混亂，民不聊生，諸侯叛亂。

當時的周武王率領軍隊討伐紂王，並且歷數他的十大罪狀。周武王的軍隊攻向商朝都城朝歌，在朝歌附近的牧野與商朝軍隊交戰。商朝的士兵早就不滿紂王，紛紛倒戈相向，一齊討伐紂王，紂王知道商朝氣數已盡，大勢已去，於是全身戴滿珠寶，登上鹿台，焚火自盡，商朝從此滅亡。

「酒池肉林」的故事，留下了以酒誤國、以酒殺身的歷史之鑒。

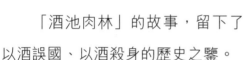

成語小貼士

每個人對待金錢和享樂的態度不同。有些人認為錢越多越好，追求奢華、富裕的生活，卻在燈紅酒綠之中迷失自我。有些人追求內心富足，即使生活貧窮，平日勤儉節約、艱苦樸素，內心也感到快樂和滿足。

就像《論語》裏提到，孔子的弟子顏回平日只吃粗茶淡飯，喝一瓢水，住在破陋的巷子裏。別人都為這種貧窮的生活感到憂慮，可是顏回卻不改自己的志向，依舊能樂在其中。孔子稱讚顏回安貧樂道，是賢德的人。

人只要知足，珍惜自己擁有的東西，快樂自然就在你的心裏。

古人喜歡喝酒，留下來與酒相關的成語有很多，你知道有哪些嗎？在圖框裏填上適當的字，把成語補充完整。

1. 酒 ◯ 肉 ◯   2. ◯ 酒 ◯ 歌

3. 借 ◯ 消 ◯   4. ◯ 瓶 ◯ 酒

5. 花 ◯ 酒 ◯   6. ◯ 酒 ◯ 餚

成語放大鏡

胡作非為	不顧法紀或輿論，任意行動。
可想而知	不用説明就能想像到。
追逐嬉戲	互相追着打鬧，歡快地玩耍。
燈紅酒綠	形容尋歡作樂的腐化生活，也形容都市或娛樂場所晚上的繁華景象。
安貧樂道	安於貧窮的境遇，樂於奉行自己信仰的道德準則。

不敢越雷池一步

　　東晉時期，晉明帝病逝，晉成帝年幼登基，由庾太后掌管朝政，庾太后的兄長庾亮出任輔政大臣，手執重權。

　　為了防備西部邊境的敵人，庾亮推薦溫嶠（jiào，粵音橋）到江州（今江西九江）做官，加強防禦。不久，庾亮收到報告，説蘇峻企圖謀反。這個蘇峻本來不是名門望族，但他曾幫助朝廷平定叛亂，朝廷為了獎勵他，封他為曆陽內史。可隨着權力變大，蘇峻慢慢有了謀反的想法，開始招攬亡命之徒，擴充兵力，蠢蠢欲動。

　　庾亮看出蘇峻的野心，便對羣臣説道：「蘇峻總有一天會成為朝廷的禍害，我們應該把他騙到京城建康這裏來做官，趁機削了他的軍權。」大臣們反對，認為蘇峻陰險多疑，不會中計。可是庾亮不聽。

果然，蘇峻一眼看穿庾亮的計策，一不做，二不休，索性起來造反，發兵向京城進攻。

　　溫嶠得知後，打算帶領軍隊從水路進入建康，保護都城。這時，庾亮寫信給溫嶠說：「西部邊境的敵人比蘇峻的叛軍厲害，比起蘇峻，我更加擔心他們趁機作亂。你務必鎮守原地，不要越過雷池（古代地名）到京城來。」

　　可是，庾亮小看了蘇峻。蘇峻攻勢兇猛，勢如破竹，很快逼近建康，庾亮無力抵抗，京城失陷。最後，由溫嶠率兵平定叛亂。

　　「不敢越雷池一步」這個成語比喻不敢越過某一界限，多指保守、拘泥，也指讓敵人膽寒，不敢進犯。有時也作「不得越雷池一步」。

　　溫嶠聽從庾亮的話，「不敢越雷池一步」，這個舉動讓東晉差點兒亡國，幸好溫嶠最後帶兵平定叛亂，彌補了這個失誤。

　　在生活中，我們要尊敬家長和老師，聽從他們的引導，但不能故步自封，在所有問題上都不敢越雷池一步。我們應該積極思考，敢於大膽創新，敢於打破固定思維，勇於實踐。

　　另外，歷史上有一個關於溫嶠娶妻的故事。

　　據說溫嶠的妻子去世了，而他的堂姑劉氏想請溫嶠替她的女兒，也就是溫嶠的表妹，找一戶好人家。溫嶠聽說這位表妹長得美麗，又溫柔大方，就問堂姑有什麼擇婿的要求。堂姑說：「在現時這亂世之中能活下來已經不容易了，怎敢盼望找到像你這樣活下來，還當了大官的人當夫婿呢？」

　　過了幾天，溫嶠告訴堂姑，說找到合適的人了，還送了一個玉鏡台給她當聘禮。到了成親那一天，新娘拜完堂，進到房間裏，撥開團扇一看，這個新郎竟然是溫嶠！新娘笑着說：「我早就猜到是你來娶我的了。」

成語小貼士

　　雷池是一個湖的名字，在安徽望江的南面。源頭在大雷水，向東流入長江。

　　「不敢越雷池一步」的近義詞有「原地踏步」、「謹小慎微」，反義詞有「大刀闊斧」、「標新立異」。

在下面的空格裏填上適當的字，使每一行都能成為一個成語。

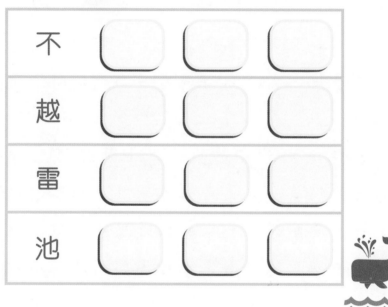

不			
越			
雷			
池			

成語放大鏡

亡命之徒	逃亡的人，後泛指不顧性命，犯法作惡的人。
蠢蠢欲動	敵人準備攻擊，或指壞人策劃破壞活動。含貶義。
故步自封	故步：以前步行的方法。比喻安於現狀，不求進步。
大刀闊斧	形容軍隊聲勢浩大，殺氣騰騰。現多形容辦事果斷，有魄力。

出人頭地
chū rén tóu dì

　　蘇軾是北宋著名的文學家，他從小聰慧，精通經史子集，文章寫得極好，二十歲時便進京考科舉。

　　當時，主考官是翰林學士歐陽修。有一份考卷讓他眼前一亮，考卷標題為《刑賞忠厚之至論》，主要闡發了儒家的仁政思想，結構嚴謹，說理透徹。歐陽修看完十分高興，讚不絕口，準備將它定為第一名。由於考卷上考生的名字都是封住的，歐陽修誤以為這篇文章是他的學生曾鞏寫的，為了避嫌，便只將它定為第二名。

　　待放榜後，歐陽修才知道《刑賞忠厚之至論》不是曾鞏寫的，而是初出茅廬的蘇軾。歐陽修感到很內疚，覺得第二名委屈了這個大才子。

　　蘇軾原本就對主考官歐陽修非常敬佩，考完試之後，又送了幾篇自己的文章請歐陽修指教。

歐陽修發現蘇軾的文章篇篇才華橫溢，心中讚歎不已。他寫信給當時德高望重的梅堯臣：「讀蘇軾的作品暢快淋漓，蘇軾才華比我要高，我要避開一下，給他出人頭地的機會。」當時聽說此事的人都不這樣認為，以為歐陽修過分謙虛，但看過蘇軾的文章後，大家都非常信服。蘇軾一時間聲名鵲起。

後來，人們用「出人頭地」指高人一等，形容德才出眾或成就突出。

·名家點評·

《刑賞忠厚之至論》中有一個關於堯的典故。堯當政時，皋（gāo，粵音高）陶掌管刑法。皋陶要處死一個罪犯，堯則認為應當寬恕。皋陶先後三次堅持執行死刑，堯則先後三次說應當寬恕。天下人都讚美堯，認為他仁厚。歐陽修從來沒看過這個典故，便問梅堯臣，結果梅堯臣也沒看過。後來他們問蘇軾，蘇軾說這個典故是他編造的。歐陽修驚呆了，說這孩子不得了，要出人頭地。

酈波

南京師範大學文學院教授

你知道蘇軾能夠出人頭地，還有什麼原因嗎？蘇軾自幼天資聰穎，手不釋卷，並且養成了勤學好問的習慣。最終，他成為北宋文學界和書畫界的佼佼者，更成為「唐宋八大家」之一。

古時有很多勤學苦讀的勵志故事，例如東晉的車胤（yìn，粵音刃）借螢火蟲的光囊螢夜讀，張康借雪地反光來映雪讀書。

《增廣賢文》中說：「人生一世，草生一春。黑髮个知勤學早，轉眼便是白髮翁。」人生短暫，光陰易逝，我們要像蘇軾、車胤等人那樣，從小就要多讀書，不斷思考，多實踐，用知識充實自己。

成語小貼士

與「出人頭地」意思相近的成語有「出類拔萃」，形容才能超越眾人。與它意思相反的有「碌碌無為」、「庸庸碌碌」等。

古人要想出人頭地，一個主要的途徑便是入朝為官，衣錦還鄉。魏晉南北朝時期，選拔官員時注重門第出身，而不是看他的才能和品德。也就是說，出身較好的人，無論有沒有能力，都能夠當上官員。可是出身平凡的人，無論學問有多好，幾乎不可能當官。

到了隋朝，則採用相對公平的科舉制來選拔官員。科舉制是全國都可以參加的公開考試，經過幾次考試選拔之後，才以考試成績來決定能否當官，以及官職的高低。所以，在科舉中金榜題名的人，大都出類拔萃，是鶴立雞羣的才俊。

成 語 歡 樂 谷

根據以下提示，猜一個成語。

❶

見 = 故

❷

牛 牛 牛 牛
牛 毛 牛
牛 牛
牛

❸

語 語 語

❹

來 受

成 語 放 大 鏡

初出茅廬	比喻初入社會，經驗不多。
聲名鵲起	形容名聲迅速提高。
衣錦還鄉	舊指當了官、有所成就之後，穿上錦繡衣服回到故鄉，含有向鄉里誇耀的意思。衣yī，粵音意。
鶴立雞羣	像仙鶴立在雞羣之中，比喻一個人的才能或儀表在一羣人裏頭顯得很突出。

彈丸之地

dàn wán zhī dì

戰國時期，秦國軍隊在長平打敗趙國軍隊，然後撤軍，但要求趙國割讓六座城池，否則將繼續攻打趙國。一時間，趙國人心惶惶。樓緩剛從秦國回來趙國，趙王便問他的意見。樓緩建議割讓城池。

大臣虞卿聽聞樓緩的建議，趕忙去見趙王，問：「秦國是因為打得疲累了才撤軍，還是本來有餘力繼續進攻，只是因為憐惜趙國才不進攻呢？」

趙王說：「秦國進攻我國，不遺餘力，現在撤軍一定是因為人困馬乏，無力再戰。」

虞卿一針見血地說：「秦國因為沒有力量再戰而撤軍，他們得不到的城池，卻由您雙手奉上，事實上是在幫秦國達成目的。如果明年秦國再來攻打趙國，您又該如何挽救呢？」

趙王把虞卿的話告訴樓緩。樓緩辯解道：「虞

卿知道秦國真正的實力嗎？
如果秦國像他所說已經無力
作戰，那麼這六座像彈丸一
樣小的城池（彈丸之地）完
全可以不給。不過，假如明
年秦國再來攻打趙國，您失
去的可就不是小小的六座城池了。」

　　趙王問道：「如果割讓城池，你能保證秦國
不再攻打趙國嗎？」樓緩這下可不敢許諾。

　　虞卿聽了又急忙求見趙王：「就算割讓城
池，樓緩也不能保證秦國不會再攻打趙國，那現在
割讓，又有什麼意義呢？大王不妨送給齊國五個城
池，與齊國聯合攻打秦國。送出去的城池，可以從
秦國的領土上奪回來。齊國是秦國大敵，秦國見齊
趙聯合，一定會反過來和我們趙國講和。」

　　趙王表示贊同，立刻派虞卿去拜見齊王，策
劃共同攻秦。秦國收到消息後，馬上派使者到趙國
講和。樓緩知道後慌忙逃離趙國。

　　這個故事中的「彈丸之地」指像彈丸一樣大
小的地方。現在用來比喻狹小的地方。

趙國大臣虞卿雖然拒絕割讓彈丸之地給秦國，但為了拉攏盟友，把土地讓給齊國。割讓土地雖可換來暫時利益，但終究對國家主權是一種永久損害。

可是，如果把土地送給秦國，是否真的可以解決問題，換來和平呢？

北宋蘇洵的名篇《六國論》提到，用土地去賄賂秦國，就像是抱着一堆柴去救火，柴沒有燒完，火是不會滅的。這裏的柴是指六國的土地，火就是秦國吞併六國、一統天下的野心。六國仍然有土地的話，秦國就會繼續攻城掠地。所以，用土地去換取和平，只會削弱自身的力量，逐步走向滅亡。

「彈丸之地」用來形容地方小，「彈」是一個多音字，在這裏讀 dàn，粵音但。「舊調重彈」的「彈」就讀 tán，粵音壇。

「彈丸之地」的近義詞有「立錐之地」，比喻能容身的極小的地方。「彈丸之地」的反義詞有「地大物博」。使用時要注意區別。

你認識哪些含「彈」字的成語？在圖框裏填上適當的字，把成語補充完整，並留意「彈」字的正確讀音。

1. 彈 ◯ 糧 ◯
2. 荷 ◯ 實 ◯
3. 彈 ◯ 品 ◯
4. 槍 ◯ 彈 ◯
5. 對 ◯ 彈 ◯
6. 動 彈 ◯ ◯

成語放大鏡

人心惶惶	形容人們心中驚恐不安。
一針見血	比喻話說得簡短而能切中要害。
立錐之地	形容能容身的極小的地方。
地大物博	土地廣大，物產豐富。

gān nǎo tú dì

肝腦塗地

　　楚漢大戰中，漢高祖劉邦戰勝西楚霸王項羽，奪得天下，建立了漢朝。

　　國家新建，在選定首都一事上議論紛紛。有大臣建議道：「周朝自東周遷都洛陽後，雖戰爭不斷，但仍維持了幾百年的統治。秦朝建都在咸陽，繼秦始皇之後，只傳到秦二世就亡國了，國祚（zuò，粵音做）很短。所以應該建都洛陽。」劉邦聽了有些心動。

　　當時有個叫婁敬的人請求晉見劉邦。婁敬對劉邦說：「陛下，您贏得天下的方式和周朝不同。周朝祖先多年來一直積德行善，愛民如子，所以民心所向，周武王沒有經過多少場戰爭，便取得了天下。可陛下您先是與暴秦抗戰，接着又與西楚霸王項羽爭奪天下，逐鹿中原。您的帝王道路，經歷無數戰鬥，走過的地方都曾經遭受戰

亂。就如成皋（gāo，粵音高）孤城之爭，前後經歷了七十場大戰、四十場小戰。戰火無情，天下無辜百姓肝腦塗了一地，屍橫遍野，到處是哭泣的聲音。那些在戰火中受到創傷的百姓還沒有從戰火中恢復過來，您就想和周朝比。我個人以為，陛下不能這樣做啊。」

漢高祖聽了，打消了建都洛陽的念頭，最終改為建都長安，並賜婁敬可以姓皇家的劉姓，因此歷史上稱婁敬為劉敬。

「肝腦塗地」原本形容在戰爭中慘死。現在多用來比喻竭盡忠誠，犧牲性命也在所不惜。

　　婁敬為了天下百姓，為了不讓劉邦建都洛陽，甘願冒着殺頭的危險，也要説出自己的建議，他的行為讓人敬佩。當然，漢高祖劉邦能夠聽取他人意見，也同樣讓人敬仰。正是因為劉邦廣開言路，知人善任，才讓許許多多像婁敬這樣的有志之士願意効命朝廷，為漢朝肝腦塗地也在所不惜。

　　劉邦在稱帝前，曾獲項羽封為「漢王」，到他統一天下之後，便以「漢」為國號。漢朝在歷史上分為西漢和東漢，歷經多個繁盛時期，國祚長達四百多年。漢朝期間，國力強盛，經濟發達，人口鼎盛，在外交上處於主導地位，在文化、科技、政治、外交、經濟等方面，都對後世有重要的影響。

成語小貼士

　　「肝腦塗地」的近義詞有「粉身碎骨」、「奮不顧身」、「赴湯蹈火」、「出生入死」等。

　　「肝腦塗地」在漫長的時間中演變出不同的意思。它原來形容死亡慘重，現在則多用來比喻竭盡忠誠，不惜犧牲自己。和它一樣發生詞義變化的還有「標新立異」、「染指於鼎」。

　　「標新立異」最初指獨創新意，理論與眾不同，後來發展出一點兒貶義的色彩，指為了顯得自己與眾不同，故意提出新奇的理論。

　　「染指於鼎」最初指把手指伸到鼎裏蘸點湯，後來變為貶義，比喻意圖分取不屬於自己的利益。

根據人體部位的名稱，填上適當的字，使成語補充完整。

1. 有板有 ☐

2. 賊 ☐ 鼠 ☐

3. 開山 ☐ 祖

4. 油 ☐ 滑 ☐

5. ☐ 青 ☐ 腫

7. ☐ 猿意馬

6. 摩 ☐ 接踵

8. 沁人心 ☐

9. ☐ ☐ 相照

成語放大鏡

愛民如子	舊時稱讚統治者愛護百姓，就像愛護自己的子女一樣。
屍橫遍野	屍體遍布荒野，形容死的人極多，多得都來不及掩埋或無人掩埋。多用來形容戰爭的殘酷和慘烈。
在所不惜	付出再大代價也決不吝惜。
赴湯蹈火	赴：去，走向。湯：開水。蹈：踩。投入沸水，踏上烈火。比喻奮不顧身，不避艱險。

捲土重來
juǎn tǔ chóng lái

　　楚漢相爭後期，漢王劉邦佔了優勢，西楚霸王項羽由強轉弱，多次敗給劉邦。項羽自垓下之戰失敗後，奮力突圍，逃到了烏江（今安徽烏江）。劉邦率領漢軍包圍項羽，後面還有數千漢兵追擊，而項羽身邊只剩下了二十八名殘兵敗將。

　　此時，烏江亭長駕着一般小船來接應項羽，他對項羽說：「大王，雖然您暫時敗給漢軍，但是江東地廣人多，足以稱王。請您快快上船渡江吧，您仍然可以回江東做王。」

　　項羽苦笑着，搖頭說：「天要亡我，渡江還有什麼意思呢？何況，當年同我一起渡江西進，出來打天下的八千多江東子弟，今天沒有幾個能活着回去。即使江東父老可憐我，還能像以前一樣擁戴我為王，我也沒有臉面去見他們了。」說完，項羽拔劍自殺而死。

唐朝晚年，詩人杜牧曾到烏江遊覽。他想到項羽自刎，感慨萬千，便寫下《題烏江亭》：「勝敗兵家事不期，包羞忍恥是男兒。江東子弟多才俊，捲土重來未可知。」意思是說，勝敗乃兵家常事，如果當年項羽沒有自殺，而是忍辱負重，渡江後積蓄力量，也許他日捲土重來，戰勝劉邦，也是有可能的呀！

「捲土重來」指人馬奔跑時塵土飛揚。比喻失敗之後重新集結力量反撲過來，或重新恢復勢力。

自古以來，人們對西楚霸王項羽褒貶不一。有的人認為他是個只知用武，不懂得講究謀略的匹夫；有的人稱讚他為「人傑」、「鬼雄」。他雖缺少謀略，但英雄一世，豪氣衝天。只是他的悲劇結局，讓人扼腕歎息。

宋代著名詞人李清照對項羽自殺的態度與杜牧不同，她認為項羽的自殺充滿了英雄的驕傲，是對尊嚴的捍衛。她寫道：「生當作人傑，死亦為鬼雄。至今思項羽，不肯過江東。」意思是生時應當做人中豪傑，死後也要做鬼中英雄。到今天人們還在懷念項羽，是因為他不肯苟且偷生。

成語小貼士

項羽雖敗，但不可否認，他是個很有軍事才能的人。能體現他這一才能的成語有「破釜沉舟」。

秦朝末年，為了反抗秦朝暴政，農民陳勝、吳廣揭竿而起，項羽和叔叔項梁也立起楚國大旗，起來反秦。秦軍兵力遠勝楚軍，楚軍渡過漳河以後，項羽為了激發將士的鬥志，讓大家勇往直前，絕不後退，便命令士兵毀掉所有船隻，打碎所有飯鍋（即「釜」），每個人只留三天乾糧。果然，士兵們燃起鬥志，經過九次激烈的戰鬥，終於以少勝多，打垮了秦軍。

「捲土重來」的近義詞有「死灰復燃」、「東山再起」、「重起爐灶」，反義詞有「偃旗息鼓」、「萬劫不復」。

成語歡樂谷

根據以下提示，猜一個成語。

1. 雞蛋碰石頭 —— 以 [　] 擊 [　]

2. 斷線的風箏 —— [　] 牽 [　] 掛

3. 躺下才舒服 —— 坐 立 [　] [　]

4. 態度溫和，舉動斯文 —— [　] [　] 爾雅

5. 一手拿針，一手拿線 —— [　] 針 [　] 線

成語放大鏡

扼腕歎息	握着手腕，發出歎息的聲音，表示振奮、憤怒、惋惜等情緒。
破釜沉舟	比喻下決心，不顧一切幹到底。
揭竿而起	砍了樹幹當武器，舉起竹竿當旗幟，指人民起義。
偃旗息鼓	放倒軍旗，停擊戰鼓。指秘密行軍，不暴露目標。現多指停止戰鬥或停止批評、攻擊等。

天經地義

周朝時，周景王身染重病，撒手人寰。他死後，按照國家制度規定，周景王正妻所生的兒子姬猛繼位，是為周悼王。可是，周景王生前最寵愛庶子姬朝，姬朝不甘心做個臣子，便和姬猛展開了激烈的王位爭奪戰。周悼王姬猛在位一年便死了，之後他的弟弟姬敬登上王位，被稱為周敬王。姬朝與周敬王繼續爭奪王位，最終姬朝趕走周敬王，自立為王。

當時周朝的大夫晉頃公把各諸侯國的代表都召集起來，包括晉國的趙鞅、鄭國的游吉、宋國的樂大心等，商討怎樣才能結束王室的紛爭，平息國家戰亂。

會上，趙鞅向游吉請教說：「禮是什麼？」

游吉回答說：「我國的子產大夫曾說過，禮是天之經，地之義，是上天規定的原則，大地施

行的正理，是老百姓行動的依據。有了禮，我們才能效法天地的規範與秩序。靠着禮，我們才能制定君臣、夫妻、親戚等的關係。只有尊崇禮，萬事萬物才能長久地存在下去。」

趙鞅連連點頭，並讚許道：「我趙鞅願意一輩子遵循禮。」遵循禮的話，周敬王是合法的天子。趙鞅順勢提出，各諸侯國應全力支持敬王，為他提供兵卒、糧草，並且幫助他返回都城，重登王位。於是各諸侯國齊心協力，幫助周敬王奪回了王位。

後來人們就用「天經地義」這個成語，表示人世間歷久不變的道理，也指理所當然的事。

同樣是周景王兒子，為什麼姬猛能繼承王位，而姬朝不可？

因為周朝實行嫡長子繼承制。在這規定下，王位和財產必須由嫡長子（正妻生的長子）繼承。姬猛是皇帝正妻生的兒子，又是長子，所以應該繼承王位。他死後，他的弟弟姬敬，同樣是皇帝正妻的孩子，理所當然成為繼承王位的人。姬朝的母親不是正妻，所以姬朝算是庶出。按理，便不是第一繼承人。

古代每次有君權更換，都容易引來皇帝的兄弟、子女之間的競爭，甚至引發政變，血流成河，這會影響國家的穩定。為了避免這種情況出現，周朝制定了禮法，規定了由嫡長子繼承王位，希望藉此保證權力在父子兄弟之間平穩過渡。

不過，歷朝歷代，不是所有的皇帝都遵循嫡長子繼承制，也不是所有的皇子都甘心遵守。所以，和姬敬、姬朝一樣進行血腥皇權爭鬥的，從來不是少數。

成語小貼士

「天經地義」裏的「經」指規範，原則。「義」則指正確的、不容置疑的道理。成語裏「天」和「地」指人世間。

「天經地義」的近義詞有「理所當然」、「理當如此」、「金科玉律」。相反，如果要形容言行或某一事物極其荒謬，沒道理的，可以用「豈有此理」。要形容一個滅絕人性、被天理不容的人，可以用「天理難容」。

不少成語同時含有「天」字和「地」字。在圖框裏填上適當的字，把成語補充完整。

天 ☆ 地 ☆

天 ☆ 地 ☆

天 ☆ 地 ☆

天 ☆ 地 ☆

成語放大鏡

撒手人寰	指離開人間，即死亡。
齊心協力	大家的想法和心志相同，共同努力，團結一致。
血流成河	形容被殺的人極多。
不容置疑	不容許有什麼懷疑，指真實可信。
金科玉律	比喻不能變更的信條或法律條文。

一敗塗地

　　秦朝末期，秦王嬴政暴虐殘酷，剝削百姓，各地諸侯起來反抗。這時，沛縣縣令見局勢不穩，內心十分恐慌，想要跟着反秦。蕭何和曹參建議，可請之前的亭長劉邦回來幫忙。

　　縣令就派人去請劉邦，可是當劉邦的人馬來到城下時，縣令又後悔了，害怕自己引狼入室。

因此，他不但下令關閉城門，還打算殺掉蕭何、曹參。蕭何和曹參知道後，慌忙逃出城外。

劉邦見城門緊閉，便寫了一封信，射進城裏，鼓動城中百姓殺掉出爾反爾的縣令。信中寫道：「天下遭受秦朝暴政的蹂躪已經很久了，現在大家為縣令守城，等諸侯們打過來，沛縣百姓就會慘遭屠殺。如果大家殺掉縣令，回應起義，大家的家室就能得以保全。」

沛縣的百姓向來對縣令不滿，聽了劉邦的話，大家一呼百應，殺死縣令，將劉邦迎進城，並希望他能當沛縣縣令。

劉邦推辭道：「大家如果選了不合適的人當縣令，起義很可能會一敗塗地，到時生靈塗炭，屍橫遍野。我不怕死，但我怕自己能力小，不能保全大家的性命。大家還是另外推舉更合適的人吧。」劉邦多次謙讓，最後還是擔任了縣令，被尊稱為「沛公」。

「一敗塗地」指一旦失敗就肝腦塗滿地。用於形容慘敗，也用於形容處境十分狼狽，或指事情壞到無法收拾的地步。

劉邦本是普通百姓，卻百折不撓，最終建立大漢王朝，他靠的是什麼呢？一個人的能力有限，但是集合了眾人的力量，互補長短，很多問題都可以迎刃而解。劉邦有一個很大的優點，就是知人善任，具有高超的用人、馭人的領導能力。劉邦曾經這樣說過：「說到出謀劃策，我不及張良；說到治國，我不及蕭何；說到打仗，我不及韓信。這三個人都很傑出，而我能夠任用他們，所以能夠取得天下。」

「一敗塗地」、「一敗如水」都可以形容敗得很慘，不可收拾，區別在於：「一敗塗地」偏重於敗得很慘；而「一敗如水」則用於形容軍隊打了大敗仗，像水潑到地上那樣不可挽救，偏重於敗得不可收拾。

此外，跟失敗有關的成語還有「全軍覆沒」、「潰不成軍」、「殘兵敗將」、「落花流水」、「落荒而逃」等。

你知道哪些含有數字的成語？在括號裏填寫適當的字，把成語補充完整。

1. 一（　）塗（　）　　2. 二（　）戲（　）

3. 三（　）開（　）　　4. 四（　）楚（　）

5. 五（　）豐（　）　　6. 六（　）無（　）

7. 七上（　）（　）　　8. 八（　）玲（　）

9. 九牛（　）（　）　　10. 十（　）十（　）

成語放大鏡

引狼入室	比喻把壞人或敵人引入內部。
出爾反爾	比喻言行前後自相矛盾，反覆無常。指說話不算數。
生靈塗炭	百姓像掉在爛泥和火坑裏一樣，形容政治混亂時期，人民處在極端困苦的境地。
百折不撓	比喻意志堅強，無論受到多少挫折，毫不動搖退縮。

<ruby>因<rt>yīn</rt></ruby> <ruby>地<rt>dì</rt></ruby> <ruby>制<rt>zhì</rt></ruby> <ruby>宜<rt>yí</rt></ruby>

春秋戰國時期，楚平王聽信讒言，殺害了忠臣伍奢和他的大兒子伍尚。伍奢的小兒子伍子胥（xū，粵音須）則倖免於難，逃到了吳國。他銘記父親和哥哥被殺的深仇大恨，發誓一定要為他們報仇。

伍子胥到了吳國以後，得到了吳王闔閭（hé lǘ，粵音合雷）的信任和重用。有一次，吳王闔閭向伍子胥請教治理國家的方法。

伍子胥說：「要想使國家富強，人民安居樂業，首先要築起又高又堅實的城牆，加強防禦，使其他國家不敢輕易攻打吳國。其次要提高武器的數量和質量，增強武事力量，對其他國家形成威懾。最後，要努力發展農業，積儲糧食，這樣百姓才能豐衣足食，打仗時才有足夠的糧草。」

吳王聽了很高興，說：「你說得很對，但是

修築防禦工事，充實兵器庫，發展農業，都應因地制宜，制定不同的方案。你能不能整體考量，制定一個能夠震懾鄰國的方案呢？」

伍子胥說：「當然可以。」於是，他考察地理，綜合周邊鄰國的實際情況，確定了吳國城門的朝向和大小，建造出堅不可摧的城池。

在伍子胥的幫助下，吳國很快強盛起來。之後，吳軍大舉進攻楚國，攻陷了楚國都城，伍子胥終於報了大仇。

後來，人們用「因地制宜」形容根據不同地區的具體情況，制定適宜的方法。

關於「因地制宜」，唐朝柳宗元在《種樹郭橐（tuó，粵音托）駝傳》中講述了這樣一個故事：郭橐駝以種樹為生，他種的樹高大茂盛，結的果實也大。當人們問他種樹的秘訣時，郭橐駝坦言：「我沒有什麼特別的竅門，只是根據土地和樹木的情況來種植，不妨礙它們，讓樹木順其自然地生長。」

柳宗元認為治國與種樹的道理是相通的，都要因地制宜。

因地制宜的智慧不僅可以用在治國上，也可以用在其他方面。比如古時候人們在耕種農田時就十分講究因地制宜。他們會根據氣候、土壤的情況，選擇種植不同的作物，並採用合適的耕種方式。比如種植水稻需要大面積的水塘，可中國東南面的省份有很多丘陵，並不適合種植水稻。於是人們因地制宜，構築了梯田，使丘陵地區也可以種水稻了。

我們在日常生活中，也要注意因地制宜，解決問題時要考慮方方面面，靈活變通。

成語小貼士

「因地制宜」的「制宜」表示「制定適宜的措施」，不要誤寫成「因地治宜」或「因地置宜」，它不是指「治理得很好」，也不是「放置着，看怎麼處理才適宜」。

「因地制宜」的近義詞有「量體裁衣」、「因勢利導」，反義詞有「削足適履」、「生搬硬套」。

根據以下提示，猜一個成語。

❶
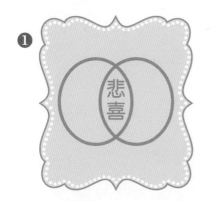

❷

❸

❹

成語放大鏡

量體裁衣	按照身材裁剪衣服，比喻根據實際情況辦事。
削足適履	鞋小腳大，為了穿上鞋把腳削小，比喻不合理地遷就現成條件，生搬硬套。削xuē，粵音爍soek³。
生搬硬套	不顧實際情況，機械地搬用別人的方法、經驗。

<ruby>用<rt>yòng</rt></ruby><ruby>武<rt>wǔ</rt></ruby><ruby>之<rt>zhī</rt></ruby><ruby>地<rt>dì</rt></ruby>

　　姚弋（yì，粵音亦）仲是東晉時期的人，他的這個姚氏家族世世代代掌有軍權。

　　姚弋仲的第五個兒子叫姚襄（xiāng，粵音商）。姚襄不但兼具文韜武略，而且善待部下和百姓，深受民眾愛戴。本來姚襄不是長子，不能繼承父親的官職，但是很多人向姚弋仲建議立姚襄為繼承人，姚弋仲從善如流，便把兵權交給了姚襄。

　　姚弋仲去世後，姚襄接納了反叛東晉的郭斁（yì，粵音亦）。東晉朝廷警覺起來，開始對姚襄重重設防。東晉待不下去了，姚襄只好準備回去北方，不料在路上被東晉軍隊打敗。

　　姚襄將被打散的士兵們重新聚集到一起，據守許昌，打算奪取洛陽，可是打了一個多月，徒勞無功。

長史王亮勸他說：「您有雄才大略，大家都願意為您效命。但現在洛陽久攻不下，耗費太多兵力，也有損您的威望。我們最好還是趕快回到黃河以北，從長計議。」

姚襄說：「洛陽確實不大，但它四面有山有河，是戰略要地，是適合我們使用武力攻佔的地方（用武之地）。我想攻佔它，然後以此為據點，開創大業。」

不久，王亮病死，東晉大軍又趁機來襲。面對內憂外患，姚襄只好放棄攻打洛陽。

這就是成語「用武之地」的出處。「用武之地」原本指戰爭中適宜攻佔的戰略要地，現在一般用於比喻施展才華和本領的地方。

每個人都有優點和缺點，就如曹操的軍隊善於陸戰，卻無法在水戰中取勝；張飛善戰，卻無法擔當軍師的職位；南唐君主李煜（yù，粵音旭）善於詩詞，卻不能治國平天下⋯⋯

在生活中要想實現自身價值，就要找準適合自己的地方。如果你覺得自己懷才不遇，試想想，自己有沒有把握機會一展所長呢？會不會找錯了目標，在不適合自己發展的地方兜圈子呢？我們要學會欣賞自己，發揮自己的優點，終有一天會找到屬於自己的舞台，並在舞台上發光發亮。

成語小貼士

「用武之地」也能擴展為成語——「英雄無用武之地」，意思是說有才能卻找不到施展本領的空間和方向。

據說戰國末期，趙王不知道年老的廉頗將軍身體怎樣，是否還能帶兵打仗，便派人去探望廉頗，看看情況。廉頗說自己身體好，一頓飯能吃一斗米、十斤肉，表示自己還能廝殺戰場，為國効力。可是，使者被人收買，回來稟告趙王說：「廉頗將軍老了，雖然一頓飯吃很多，但吃飯時一連去了幾趟廁所，估計身體不好。」於是，趙王沒再起用廉頗。

廉頗將軍雖然年紀大了，但仍有報國之心，想為國奮戰，只可惜無用武之地。這不代表他個人能力不足，只是受環境所限而已。

你認識下面這些與戰爭有關的成語嗎？在括號裏填上適當的字，把成語補充完整。

1. 用（　　）之地　　2.（　　）（　　）皆兵

3. 兵不厭（　　）　　4.（　　）（　　）為武

5. 鳴（　　）收兵　　6. 調（　　）遣（　　）

7.（　　）軍作戰　　8. 兵荒（　　）（　　）

成語放大鏡

文韜武略	文武兩方面的謀略。
從善如流	形容能很快地接受別人的好意見，像水從高處流到低處一樣順暢自然。
從長計議	慢慢地多加商議。
內憂外患	指國家內部的不安定和外來的禍患。亦泛指內部的糾紛和外來的壓力。

此地無銀三百兩
cǐ dì wú yín sān bǎi liǎng

　　從前有個人叫張三，總是自作聰明。他好不容易存了三百兩銀子，但不知道該把銀子藏在什麼地方，十分苦惱。隨身帶着的話，行動很不方便；放到櫃子裏的話，容易被偷；放到牀底下，又怕被老鼠叼走⋯⋯他捧着銀子，一連想了幾天幾夜，終於想到了一個好地方。

　　夜深人靜的時候，張三把銀子埋在了自己房子後面的牆腳下。埋好之後，他還是不放心，於是就「聰明」地在牆腳貼了張字條，上面寫着「此地無銀三百兩」。

　　誰知這一切早已被鄰居

李四看得一清二楚。李四等張三走了之後，馬上把銀子挖出來，再把坑填好。可是，李四怕張三懷疑自己，他靈機一動，也在牆腳貼了張字條，上面寫着「對門李四不曾偷」。

第二天，張三去看自己埋好了的銀子，結果發現銀子消失得無影無蹤。他看到李四的字條，一下子明白了真相。

後來人們根據這個民間故事，把「此地無銀三百兩」當作成語，借指本來想隱瞞事情，但所做的行為正好暴露了想要掩飾的事情。

延伸小知識

「此地無銀三百兩」這個故事給了我們一個啟示：做人一定要誠實、坦白，不要欲蓋彌彰，如果像李四一樣做了錯事又想掩蓋，只會徹底暴露，不打自招。

做人要誠實善良，文學家魯迅説過：「偉大人格的素質，重要的是一個誠字。」孔子也認為做人説話要忠誠守信，為人處世要厚道謹慎。他認為只要做到「誠信」二字，即使到了偏僻落後的地方也會暢通無阻；如果不忠誠守信，即使在本鄉本土，也行不通。

「此地無銀三百兩」的近義詞有「欲蓋彌彰」。

和「此地無銀三百兩」一樣是七字的，還有「身在曹營心在漢」、「人心不足蛇吞象」等。

「身在曹營心在漢」說的是義字當頭的關羽。當年劉備的軍隊被曹操打敗，劉備的夫人和關羽不幸被擒。

曹操希望關羽能加入自己的陣營，為自己所用，便派人游說關羽。關羽為了保護劉備的家眷，同意暫時歸降曹操。但他和曹操約定，日後一有劉備的消息便會離開。

曹操為了讓關羽真心歸降自己，送給他很多禮物，當中包括罕見的赤兔寶馬。可是，關羽始終不忘和劉備桃園結義的情誼，最終一聽到劉備的消息，就立即離開了曹營。

在圖框裏填寫適當的數字,把成語補充完整。

1. ◯ 發 ◯ 中 ＋ ◯ 年好合

   ＝ 此地無銀 ◯ ◯ 兩

2. ◯ 面玲瓏 － 孟母 ◯ 遷 ＝ ◯ 臟俱全

3. 心無 ◯ 用 × 學富 ◯ 車 ＝ ◯ 面埋伏

4. ◯ 霄雲外 ÷ 入木 ◯ 分 ＝ 連中 ◯ 元

成 語 放 大 鏡

自作聰明	自以為很聰明,輕率逞能。
欲蓋彌彰	想要掩蓋過失或事實的真相(指壞事),結果反而更加明顯。
不打自招	還沒有拷問,自己就招供了。多指無意中洩露真實情況和想法。
人心不足蛇吞象	比喻人貪心,不滿足,就像蛇想吞食大象一樣。

八仙過海

在中國的神話裏，相傳有八位得道仙人，他們是鐵拐李、漢鍾離、呂洞賓、曹國舅、張果老、藍采和、韓湘子和何仙姑。

一天，八位仙人要飛過東海，前去蓬萊仙島。看着汪洋大海，鐵拐李突然想出了一個鬼主意，他說：「如果我們騰雲駕霧地去，顯不出我們的真本事，不如我們都往海裏扔一件寶物，靠它渡海，怎麼樣？」大夥兒連連拍手叫好。

漢鍾離率先把手中的大芭蕉扇往海裏一扔，扇子立刻變得像竹筏那麼大，他仰躺在扇子上，得意

洋洋地向遠處漂去。美麗的何仙姑將荷花往水中一拋，頓時紅光萬道，她佇立在巨大的荷花上，隨波漂遠。鐵拐李不甘示弱，一個碩大的寶葫蘆載着他渡海而去。隨後，呂洞賓、張果老、曹國舅、藍采和、韓湘子也紛紛將各自的寶物拋入海中，大顯神通，順利地渡過東海。

這就是八仙過海的故事。「八仙過海」比喻各自有一套辦法，或各自施展本領，互相競賽。

八仙屬於道教神話體系，分別代表男、女、老、少、富、貴、貧、賤。

這八位神仙都來自人間，有多彩多姿的凡間經歷，最後才得道成仙。他們當中有皇親國戚，有道士，有乞丐……他們不像其他神仙一樣高高在上，而是有各種各樣的小缺點，比如漢鍾離經常衣衫不整，鐵拐李酗酒成性等。他們有普通人的喜怒哀樂，有獨特鮮活的性格，予人親切感，所以深受百姓喜愛。八仙的形象，出現在年畫、刺繡、瓷器、花燈和戲劇中，八仙的故事也成為民間藝術中常見的題材。

「八仙過海」的故事，見於元明時期的雜劇《爭玉板八仙過海》。在過海時，八仙懂得揚長避短，利用各自的寶物大顯神通，既顯示了自己的本領，也在渡海的過程中彰顯出自信。於是，後世有這樣的一句歇後語：八仙過海——各顯神通。

生活中，我們應該學習八仙這種揚長避短的做事方式，懂得運用自己的「寶物」贏得別人的尊重。我們的「寶物」是什麼呢？我們的「寶物」就是我們擅長的東西，是我們自己的優勢。

成語小貼士

學習「八仙過海」這個成語，要注意它的真實含義：發揮各自的本事。與它意思相反的成語有「黔（qián，粵音鉗）驢技窮」、「束手無策」。

「黔驢技窮」是一則很有意思的寓言。「黔」即今日的貴州，據說這個地方本來沒有驢，有一天，有人用船運來一頭驢，然後把牠放在山腳。森林裏的老虎起初看到驢身形龐大，不知道牠是何方神聖，便小心翼翼地接近牠，試探牠。

某一天，驢大叫了一聲，老虎還以為驢要吃自己，嚇得趕快逃走。後來老虎觀察了驢幾次，覺得牠沒什麼了不起，便又漸漸靠近牠。驢非常生氣，就用蹄子踢向老虎。老虎發現驢的本事就只是叫和踢而已，便撲上去，吃掉了驢。

「黔驢技窮」比喻僅有的一點兒本領也用完了，多含貶義。

中國古籍裏的神話故事，有些跟「八仙過海」一樣，漸漸演變為成語，也有的演變為有趣的歇後語。

以下這些與神話傳說有關的歇後語，後半部分是什麼呢？

1. 盤古的斧頭 —— 開 □ 闢 □

2. 呂洞賓推掌 —— 出手 □ □

3. 泥菩薩過江 —— 自身 □ □

 4. 白骨精遇上孫悟空 —— 原形 □ □

5. 孫悟空拔猴毛 —— 變化 □ □

6. 豬八戒照鏡子 —— □ □ 不是人

騰雲駕霧	傳說中指利用法術乘雲霧飛行。後形容奔馳迅速，或頭腦迷糊，感覺身子輕飄飄的。
揚長避短	發揚長處，避開短處。
束手無策	形容一點兒辦法也沒有。

　　東晉葛洪的《神仙傳》是一部志怪小說集，書中收錄了中國古代傳說中近一百位仙人的故事。其中有一則關於壽仙娘娘麻姑的故事。

　　傳說在漢桓帝時期，有個人名叫王遠，他入山潛心修道，終於得道成仙。有一天，王遠想邀請老朋友麻姑前來敍舊，便叫隨從去請麻姑仙人，看她能否賞光前來一聚。

　　過了一會兒，隨從帶回麻姑的口信：「我們已經很多年沒有見面，今天你盛情相邀，我一定來拜會。但是，我奉了天命，得先去蓬萊仙島一趟，一會兒回來再和你相聚。」

　　不久，麻姑來到了。她看上去年紀不過十八九歲，頭頂上梳了個髮髻，一頭烏黑的頭髮如瀑布般直瀉到腰際。她的衣服上繡有五彩花紋，光彩耀眼，不像人間凡物。

麻姑向王遠施禮，感歎説：「自從上次見面之後，我已經見過東海三次變為桑田。剛才到蓬萊仙島，見東海的水又比過去淺了，可能又要變成陸地。」

王遠笑着說：「時間過得真快，聖人都説，東海快要乾涸，馬上就會揚起塵土。」

麻姑見證了東海三次變成桑田，要知道，大海要變成陸地，陸地再變成海洋，是要經歷很長的時間，可見王遠和麻姑的上一次見面，已經是很久很久之前的事了。這也説明她活了很長時間，於是人們將麻姑視為長壽的象徵，稱她「壽仙娘娘」。

後來，人們用成語「滄海桑田」來形容世事變化很大。

在中國的神話裏，神仙的時間與凡人的不同。在《西遊記》裏，常常有「天上一日，地下一年」的說法。

《述異記》裏有個叫「爛柯人」的故事。東晉時，有個人去山中砍柴，他看到幾位童子在下棋，就忍不住圍觀了一會兒。待他看完棋要離開時，看到自己的木頭斧柄已完全腐爛了。他回家後，發現人間竟然已經過去了一百多年，與他同時代的人都已經死去。

唐朝詩人劉禹錫曾寫下詩句「懷舊空吟聞笛賦，到鄉翻似爛柯人」，表達暮年返鄉，感覺世事滄桑，物是人非的心情。

現在，「滄海桑田」常用來形容世事變化非常大，日新月異，讓人有一種恍如隔世的感覺。

成語小貼士💡

「滄海桑田」中的「滄海」即是大海，「桑田」即是農田，意指大海變成桑田，桑田變成大海。

與它意思相近的成語有「白雲蒼狗」。「白雲蒼狗」出自唐朝大詩人杜甫的一首詩《可歎》：「天上浮雲似白衣，斯須變幻為蒼狗。古往今來共一時，人生萬事無不有！」這幾句詩的意思是：人事變化，猶如天上的浮雲，一會兒像件白色的衣服，一會兒又變成一隻灰毛狗的樣子。從古到今都是這樣，人生道路上，形形色色的事哪樣沒有出現過呢？

「滄海桑田」、「白雲蒼狗」都強調變化，與它們意思相反的成語有「一成不變」。

不少成語都含有「海」字，試在下面的圖框裏填上適當的字，把成語補充完整。

1. 翻〇〇海
2. 海〇山〇
3. 海〇撈〇
4. 〇海〇粟
5. 飄〇〇海
6. 海〇〇樓
7. 恩〇〇海
8. 刀〇〇海

成 語 放 大 鏡

日新月異	每天每月都有新的變化，形容進步、發展很快。
恍如隔世	好像隔了一世，多形容對時間的變遷、事物巨大變化的感慨。
白雲蒼狗	比喻世事變幻無常。

海納百川
hǎi nà bǎi chuān

徐邈（miǎo，粵音秒）是三國時期曹操陣營裏的重臣。他品行高潔，富有才幹，是當時人人稱道的俊傑。他任官期間，頗有政績，百姓豐衣足食。朝廷給他的賞賜，他一點都不吝嗇，盡數分發給手下將士，從不拿回家裏，致使妻子兒女偶爾還會缺衣少食。他死後，家中也沒有留下什麼財產。

東晉著名文學家、史學家袁宏，在《三國名臣序贊》中對他讚譽有加，稱他「形器不存，方寸海納」。意思是説，如果沒有物質形態的困擾，即使方寸大的地方，也可以容納像海一樣大的東西。袁宏用這句話，稱讚徐邈心胸寬廣，可以容納很多人和事。

唐朝文學家李周翰看了袁宏對徐邈的點評後，有感而發，寫道：「方寸那麼大點兒的地

方，也能容下非常多的事物，就像大海可以容得下成百上千條江河水一樣。」

後來人們常用「海納百川」來形容人豁達大度、胸懷寬廣。

成語包含着古人的智慧。有的成語看起來只是描述自然現象，我們卻能從中獲得人生的許多大道理。以「海納百川」為例，一般人強調這個成語中的「海」，很少人關注「川」的意義。大海與川水其實各具其象其義其理，川是海的源流，海是川的目的或結果。我們的人生在川時奔騰，在海時接納。「小德川流，大德敦化，此天地之所以為大也。」

余世存

詩人、學者、作家

　　清朝末期，愛國將領林則徐在擔任兩廣總督時，曾用「海納百川」這個成語寫了一副對聯：「海納百川，有容乃大；壁立千仞，無欲則剛。」意思就是：大海因為心胸寬廣，才能容納成百上千的河流；高山因為沒有勾心鬥角的凡世雜念，才能如此挺拔，直立千丈。林則徐一生都在實踐這副對聯的內容。

　　「海納百川」是一種修養，也是高情商（EQ）的表現。古人認為大海之所以能成為一切小河流的領袖，是因為它具備容納百川的「海量」。

　　人也應該有大海那樣的氣度。俗話説：「將軍額頭能跑馬，宰相肚裏能撐船」，有成就、做大事的人，往往比常人更能包容和忍耐。我們應該學習海納百川的精神，不與他人斤斤計較，目光要遠大，為人處世都要秉持包容的態度。

成語小貼士

　　「海納百川」的近義詞有「寬宏大量」、「虛懷若谷」等，反義詞有「錙銖必較」。

　　「虛懷若谷」的意思是胸懷像山谷那樣深而且寬廣，形容十分謙虛。這個成語出自《老子》，老子認為善於行道的人純樸厚道，好像沒有經過加工的原料；他們曠遠豁達，好像深幽的山谷。

成語歡樂谷

　　哪些成語的第四個字是「海」字的呢？在下面的表格裏填上適當的字，把成語補充完整。

排		倒	海
瞞			海
名			海
百			海
移	山		海

成語放大鏡

豐衣足食　穿的吃的都很豐富充足，形容生活富裕。

缺衣少食　衣食不足，形容貧窮。

斤斤計較　形容過分計較微小的利益或無關緊要的事情。

錙銖必較　即使是很小的事情，或者很少的錢，也一定會計較。形容人心胸狹窄，斤斤計較。錙銖zī zhū，粵音支朱。

jīng wèi tián hǎi

精衞填海

《山海經》裏記載了這樣的故事：

從前，發鳩山山上長着茂密的柘（zhè，粵音借）樹林。這裏有一種叫精衞的鳥，外形像一般的烏鴉，但是牠的頭上長着花紋，還有白色的嘴巴和紅色的爪子。每當牠發出悲哀的叫聲時，就好像是在叫牠自己的名字「精衞，精衞」。

傳說精衞原是中國遠古時期炎帝的小女兒，名字叫女娃。有一天，女娃到東海遊玩，卻不幸淹死在大海裏，死後化為精衞鳥。

她憎恨無情的大海毀滅了自己，又想到別人也可能會被大海奪走性命，便立志要把東海填平。雖然她只是一隻小鳥，勢單力薄，但是她矢志不移，日日夜夜，不斷從山上銜來一根根小樹枝、一顆顆小石頭，丟進海裏。她的子孫，也將世世代代不斷地填海。

　　這個故事反映了精衛至死不屈、頑強奮鬥、鍥而不捨的精神。舊時人們用這個成語比喻仇恨極深，立志報復。現在多用來比喻不畏艱難，努力奮鬥。

延伸小知識

　　「精衛填海」的故事反映了上古時代人類與大自然的艱難鬥爭。當時人們抵禦大自然災害的能力不強，大海經常吞沒人們的生命財產，於是人們產生了填平大海的願望。精衛鳥面對驚濤駭浪，仍然不改填海的志向，便成為了人們征服大海的精神寄託。

　　陶淵明曾在《讀山海經》中讚歎精衛填海的悲壯，他說精衛生前沒有畏懼，死後也不後悔，一直心存抗爭的初心，只可惜，報仇雪恨的時機，怎麼能等得到呢？

「精衞填海」的近義詞有「愚公移山」。

「精衞填海」的反義詞有「半途而廢」。關於這個成語，有一個跟孟子有關的故事。

孟子小時候和母親曾住在墓地附近，他常常模仿這裏的人玩拜祭遊戲，孟母認為這樣的環境不利兒子成長，便帶着孟子搬到集市附近。在這裏，孟子跟着集市的人高聲叫賣，玩的都是集市上買賣的遊戲，孟母覺得這裏仍然不是適合他們居住的地方，便又帶着孟子搬走了。

後來，他們搬到了學校附近。孟子看着上學的人，聽着學校裏傳出來的讀書聲，學到了一些與人相處時應有的禮儀，孟母看了很高興，這才安定下來，還讓孟子去上學。

不過，孟子起初並不喜歡上學，更有一次逃學回家。孟母生氣極了，把手上還未織好的布剪斷了，告誡他說：「學習不能半途而廢，就像這塊沒有織完就斷了的布，斷了就沒用了，前功盡棄。」孟子聽了很慚愧，自此專心讀書，終成為有名的學者。

成語歡樂谷

　　這座成語迷宮裏，有好多與神話有關的成語，你能把它們全都找出來嗎？

水	漫	金	山	夸	誇	其	說
火	眼	金	睛	父	慈	子	孝
嫦	黃	銀	月	追	日	追	風
娥	后	羿	射	日	上	三	竿
奔	煉	石	補	天	衣	無	縫
月	開	天	闢	地	動	山	搖
滄	海	桑	田	忌	賽	馬	到

成語放大鏡

矢志不移　　立下志願並且決不改變。

鍥而不捨　　原指雕刻時不斷地刻下去，不會停止。比喻有恆心和毅力，堅持到底。鍥qiè，粵音揭。

愚公移山　　比喻做事有毅力，有恒心，不怕困難。

半途而廢　　做事情沒有完成而終止。

前功盡棄　　以前的成績全部廢棄，指以前的努力完全白費。

排山倒海

　　北魏孝文帝派兵南下攻打南齊，魏軍到達邵陽後，在淮水南北兩岸修築要塞，並在水中立起柵欄，用來斷絕南齊的水路。

　　怎料到，魏軍久攻不下，孝文帝無奈下令放棄進攻，撤去軍隊。不過，他想在淮南築城，派兵駐守，以撫慰之前歸附的百姓。

　　他的臣子高閭（lú，粵音雷）不太贊同，建議道：「世祖皇帝曾以排山倒海般的威勢，率兵數十萬南下攻城，勢不可當。路上各個城池全都投降，只有盱眙（xū yí，粵音虛移）這個小城，久攻不下。最後世祖皇帝班師回朝，沒有留下兵馬守護任何一座攻下的城池，也沒有開闢一畝土地，難道是因為我朝沒有兵力嗎？不是。是因為我軍還沒有奪取盱眙這樣的軍事要地，所以不急於鎮守其他不重要的城池。」

高閭繼續分析道：堵水要先塞住水源，伐木要先砍斷樹根，如果捨本逐末，糾結於不重要的地方，最終也不會有什麼成效。壽陽、盱眙、淮陰都是淮南的軍事要地，如果不攻下其中一個，要想留守別的孤城，一定不能成功。孤城城外，敵軍虎視眈眈，要是留守的兵力少，很難守住城池；要是留守的兵力多，日後運送糧草便成難題。那留守這裏又有什麼好處呢？

　　最終，北魏孝文帝採納了高閭的建議。

　　「排山倒海」指推開高山，翻倒大海。用於形容力量強盛，聲勢浩大。

北魏孝文帝是南北朝時期很有作為的一個皇帝，志向遠大。他執政期間，整頓吏治，南征北戰，推行改革，使得北魏在經濟、文化、軍事等方面實力大大提升。他胸懷抱負，曾寫下「白日光天無不曜，江左一隅獨未照」。意思是說，明亮的太陽照耀天地，只有江南的一塊地方照不到，藉此表明念念不忘南北統一大業。

孝文帝之所以能成為一代明君，與他虛懷若谷，從善如流有關。孟子認為，君主治理天下不能只靠自己，而要善於聽取別人的建議。如果不聽取他人建議，最終留在身邊的只會是阿諛奉承的小人。只可惜，孝文帝英年早逝，只活到三十三歲便離開了人世。

成語小貼士 💡

「排山倒海」的近義詞有「翻江倒海」、「移山倒海」。

「移山倒海」一般指搬動大山，翻倒大海。比喻人類改造自然的巨大力量和雄偉氣概。

「移山倒海」在《西遊記》中也出現過。銀角大王用了移山倒海的法術，搬來須彌山、峨眉山壓向孫悟空。可是孫悟空背着這兩座大山，依舊可以飛身追趕師父唐僧。銀角大王嚇得出了一身虛汗，又用法術搬來泰山壓在孫悟空身上。泰山壓頂，這次孫悟空被壓得腿軟筋麻、七竅流血。最後山神和土地變走了這兩座山，孫悟空才得以脫困。

成語歡樂谷

　　這座成語迷宮裏，有好多與「山」、「海」有關的成語，你能把它們全都找出來嗎？

天	涯	海	角	青	山	綠	水
高	氣	力	搖	潦	珍	愚	升
雲	吞	排	山	倒	海	公	石
淡	山	眾	動	色	味	移	出
泊	河	議	河	精	衞	填	海

成語放大鏡

捨本逐末	捨棄事物根本的、主要的部分，而去追求細枝末節，指輕重倒置。
虎視眈眈	像老虎那樣兇狠而貪婪地注視着。眈dān，粵音擔。
阿諛奉承	迎合別人，竭力向人討好，含貶義。阿ē，粵音柯。諛yú，粵音餘。
翻江倒海	形容水勢浩大，也比喻力量或聲勢非常強大。

楚河漢界

「楚河漢界」這個成語來源於楚漢戰爭。

項羽的楚軍和劉邦的漢軍為爭奪天下，曾在彭城大戰。當時漢軍不敵楚軍，退到滎（xíng，粵音形）陽一帶。楚軍向滎陽發動猛烈攻擊，劉邦察覺到形勢對自己相當不利，不得已向項羽求和，希望以滎陽為界，東邊歸楚，西邊歸漢。項羽猶豫不決，他的謀士范增則建議乘勝追擊，消滅劉邦。

劉邦知道後，決定實施反間計，想辦法離間項羽和范增的關係。項羽雖然打仗勇猛，但是缺智少謀，果然中計，對范增生了疑心。范增大怒，決定返回彭城，卻不幸病死途中。從此，項羽失去了一個為自己出謀劃策的智囊。

之後，項羽與劉邦又數次交鋒，卻難分高下。於是，兩軍和談，決定平分天下，鴻溝西邊

歸漢，東邊歸楚。從此就有了楚河漢界的説法。

　　滎陽位於現時河南鄭州的西面，至今，在滎陽廣武山上，還保留了兩座遙遙相對的古城遺址，西邊那座叫漢王城，東邊那座叫霸王城。兩城中間，有一道鴻溝，它就是象棋棋盤上界河的由來。

　　「楚河漢界」現在用於比喻界線清楚。

　　韓信是劉邦陣營的名將，他這樣評價項羽：「項王勇猛，他怒喝一聲，一千個人都會嚇得腿軟，可他不懂得任用好的將領，所以他只是匹夫之勇。項羽縱容楚軍殘害百姓，所以天下百姓雖然表面服從他，但其實心裏怨恨他。」韓信的分析很有道理，項羽性格上的問題，在一定程度上造成了他最終兵敗自刎的悲劇結局。

　　項羽是個英雄，但不是明君。一統天下，建立千秋偉業，向來不能靠單槍匹馬，不能逞匹夫之勇。劉邦之所以能戰勝項羽，因為他識人也懂用人。劉邦身邊的韓信、蕭何和張良，三人各有所長，協助劉邦打天下，建立漢朝，是西漢的開國功臣。反觀項羽，他身邊可用的人才一個接一個地離他而去，或被殺害，或轉投劉邦陣營，到後期幾乎沒什麼人才留在他身邊。

　　人類是社會性動物，做個孤膽英雄，獨自闖蕩，能成就的只是自己。如果懂得與人合作，發揮他人所長，彼此互補長短，那麼就能獲得更大的勝利。

　　「楚河漢界」的近義詞有「涇渭分明」。「涇渭分明」這個成語跟兩條河有關。「涇」即涇河，「渭」即渭河。渭河是黃河的支流，涇河又是渭河的支流。由於涇河和渭河的含沙量不同，涇河的水較清，渭河的水較濁。當兩條河交匯的時候，一清一濁，清水和濁水互不相容，界限分明。後人用「涇渭分明」來比喻界限清楚。

成語歡樂谷

楚漢相爭時期出現了很多著名人物，也留下了很多成語。
你知道下面的成語主要和哪個人物有關嗎？試把它們配對起來。

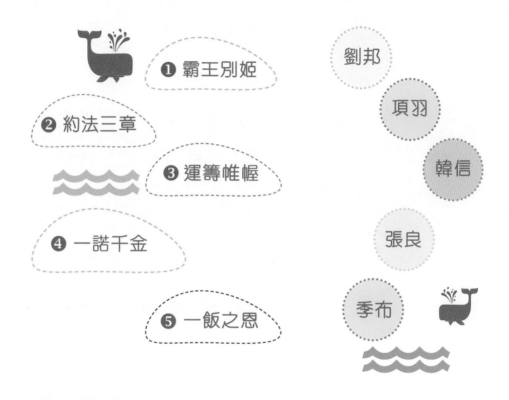

- ❶ 霸王別姬
- ❷ 約法三章
- ❸ 運籌帷幄
- ❹ 一諾千金
- ❺ 一飯之恩

劉邦
項羽
韓信
張良
季布

成語放大鏡

猶豫不決	拿不定主意。
乘勝追擊	趁着勝利的形勢，繼續追擊敵人。
出謀劃策	出主意，定計策。
匹夫之勇	指有勇無謀，只憑個人的蠻勁做事。

過河拆橋
guò hé chāi qiáo

元朝有一位大臣叫徹里帖木耳，他認為科舉制度浪費了國家的人力物力，其間又有徇私舞弊、賄賂官員等不良現象，所以他奏請當時的皇帝元順帝，請求廢除科舉制度。當朝太師伯顏也贊同這樣做。

中國科舉制度在隋朝已有雛形，唐朝時才得以確立，至宋朝發展得更完備，來到元朝的時候，已經實行了七百多年了。廢除科舉制度，絕對不能草率決定。

參政許有壬（rén，粵音吟）反對廢除科舉，並和太師伯顏爭論道：「如果廢除科舉制，天下有才能的人無法通過科舉進入仕途，會對國家感到絕望。」

伯顏說：「科舉制度中貪贓枉法的人很多，繼續施行，國家只會越來越腐敗。」

許有壬反駁道：「在科舉之前，也有很多貪贓枉法的人。」許有壬還舉出很多理據來支持自己，可是最終沒能阻止廢除科舉制度的決定。

第二天，滿朝文武大臣接獲通知，到崇天門集合，聆聽皇帝下達廢除科舉制度的命令，還讓許有壬站在最前面的位置聽讀詔書。

有的大臣看到許有壬站在隊伍前頭的位置，以為廢除科舉制度的主意也有許有壬一份兒，便在

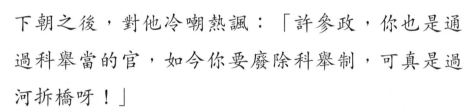

下朝之後，對他冷嘲熱諷：「許參政，你也是通過科舉當的官，如今你要廢除科舉制，可真是過河拆橋呀！」

自己過了河，便把橋拆掉。「過河拆橋」比喻達到目的後，就把幫助過自己的人一腳踢開。

「滴水之恩，當湧泉相報」，人應心存感恩之心，要知恩圖報。當你無情地拆完每一座幫你渡河的小橋之後，想要回頭，還有橋可走嗎？前面的路，還有人願意為你搭橋嗎？

那如果自己對別人有恩呢？俗語說：「施恩莫忘報」，給了人家恩惠，不要期望別人報答。如果幫助了別人之後，期望別人報答自己，這樣的幫助就變成有目的而為之，而不是純粹的善了。

另一方面，古代的帝王總是怕臣子功高蓋主，威脅皇權。下手輕的皇帝，就如宋太祖趙匡胤，在酒席上解除臣子的軍權；下手重的皇帝，則如明太祖朱元璋，登基後就對開國功臣大開殺戒。

比較聰明的臣子懂得這個道理，就會想辦法讓自己全身而退。比如春秋戰國時期，范蠡（lí，粵音禮）輔佐越王勾踐，歷經十年才復國，但到了慶功的時候，他卻默默離開了。他說：「飛鳥被打盡了，彈弓就被收起來；野兔被捉光了，獵狗就被殺了吃掉。越王能與我共患難，卻不能同富貴。滅掉了敵國，如果我不離去，難免有殺身之禍。」這便是「鳥盡弓藏，兔死狗烹」。

成語小貼士

「過河拆橋」是一個貶義詞，和它意思相反的成語有「飲水思源」、「知恩圖報」等。

與「過河拆橋」意思相近的成語有「兔死狗烹」、「得魚忘筌」、「忘恩負義」、「卸磨殺驢」等。

下面的成語可以用怎樣的動作表現出來？試做一做，讓朋友猜一猜。

❶ 魚躍龍門

❷ 生龍活虎

❸ 人山人海

❹ 一箭雙雕

❺ 掌上明珠

成語放大鏡

兔死狗烹	兔子死了，獵狗就被煮來吃了。比喻事情成功以後，把出過力的人殺掉或拋棄。
飲水思源	喝水的時候想起水是從哪兒來的，比喻不忘本。
得魚忘筌	筌是用來捕魚的竹器。捕到了魚，就忘掉了筌，比喻達到目的以後就忘了原來的憑藉。

口若懸河
kǒu ruò xuán hé

　　晉朝時，有一位名叫郭象的大學問家。他年少的時候就善於觀察，勤於思考。因此，他眼界開闊，滿腹才學。後來郭象又鑽研老子和莊子的學說，並有深刻且獨到的見解。他為《莊子》的兩篇文章寫注，把書中的思想道理解釋得清楚、貼切，自此他的名聲更大。

　　很多人都推薦郭象去當官，但他對仕途不感興趣，一概謝絕，每天只是埋頭做學問，或者和志同道合的人談論哲理。朝廷再三派人來請，他推辭不過，只得答應到京城當黃門侍郎，協助皇帝處理朝廷事務。

　　郭象知識豐富，口才又好，樂於分享自己的學問和觀點，無論什麼事情都能說得頭頭是道，所以人們都喜歡和他交談。

　　當時有一位叫王衍的太尉，十分欣賞郭象，

常常在別人面前誇讚：「郭象說起話來滔滔不絕，就好像一條懸河（瀑布）向下奔流，永遠沒有休止的時候。」

後人以「口若懸河」來形容人說話像瀑布流瀉一樣滔滔不絕，能言善辯，口才好。

　　春秋戰國時期有一羣叫「縱橫家」的人，和郭象一樣能言善辯。他們雖為布衣百姓，卻敢為諸侯出謀劃策，用三寸不爛之舌擊退百萬雄師。比如蘇秦、張儀等，都是當時有名的縱橫家。

　　想要擁有郭象、縱橫家那樣的好口才，一定要撥草瞻風，不可「兩耳不聞窗外事，一心唯讀聖賢書」。「聖賢書」和「窗外事」一樣重要。讀聖賢書時，要勤於思考，讀出自己的見解，不要人云亦云。面對窗外事，我們不能閉目塞聽，而是要勤於觀察，善於思考。只有這樣，才能鍛煉思維，拔新領異。

　　《鬼谷子》一書提過一些與人談話的原則：「與智者談話，要讓自己顯得知識淵博；與笨拙的人談話，可採取強辯的策略；與善辯的人談話，要簡明扼要；與高貴的人談話，要有氣勢；與富人談話，要高雅瀟灑；與窮人談話，可以強調利害關係；與卑賤者談話，要謙恭；與勇敢的人談話，一定要果敢；與上進的人談話，自己的措辭也要進取。」

成語小貼士 💡

　　「口若懸河」是比喻用法，是將說話比作瀑布奔流。和它一樣有比喻用法的成語還有「趨之若鶩」、「呆若木雞」、「從善如流」、「判若水火」、「寥若晨星」等。

　　與「口若懸河」意思相近的成語有「能言善辯」，與它意思相反的成語有「沉默寡言」、「啞口無言」。

如果你有個口才好的朋友，你想誇獎他的時候，可以用哪些成語呢？把下面的成語補充完整。

1. 能 ◯ 快 ◯

2. 對 答 ◯ ◯

3. 出 ◯ 成 ◯

4. 妙 ◯ 連 ◯

5. 能 ◯ 善 ◯

6. 語 ◯ 四 ◯

7. 伶 ◯ 俐 ◯

8. ◯ ◯ 而 談

成語放大鏡

頭頭是道	形容説話或做事很有條理。
撥草瞻風	比喻善於觀察事物。
閉目塞聽	形容對外界事物不聞不問或不了解。
拔新領異	創立新意，提出獨特見解。
趨之若鶩	像鴨子一樣成羣地跑過去，形容很多人爭着去追逐某種事物。鶩wù，粵音務。
呆若木雞	呆得像木頭雞一樣，形容因恐懼或驚訝而發愣的樣子。

氣壯山河

qì　zhuàng　shān　hé

　　北宋時期，金國出兵南侵，威脅宋朝的安全。當時的皇帝宋欽宗驚慌失措，趕忙召集朝臣，商議應對的辦法。

　　朝廷上，眾大臣分為主戰派和主和派。主和派貪生怕死，紛紛表示：「我們根本敵不過金國，不如割讓土地，向金國求和吧！」但是主戰派堅決反對，趙鼎說：「祖先留下的土地，怎麼能拱手讓給他國？」

　　宋欽宗懼怕金兵，決定屈膝投降。誰知金國並不滿足於一點點土地和金錢，他們繼續攻打北宋，更俘虜了宋徽宗、宋欽宗等人，北宋王朝就此滅亡。

　　後來宋欽宗的弟弟宋高宗在南方登基，建立了南宋王朝，重用主和派的秦檜。趙鼎主戰，自然與秦檜不和。秦檜記恨趙鼎，總在宋高宗面

前説趙鼎的壞話，導致宋高宗不再信任趙鼎，將他貶到外地做官。秦檜借此機會，將趙鼎越貶越遠，最後貶到了朱崖。

趙鼎在朱崖住了三年，生活非常困苦。他在六十多歲時，患了重病，臨死前，他把兒子叫到身邊，悲憤地說道：「秦檜非要置我於死地。我死了，才不會連累你們。」說罷，他叫兒子取來一面銘旌，也就是豎在棺材前標明死者官職和姓名的旗幡。他在上面寫下一行字，大意為：我魂歸天上，我的氣概像高山大河那樣雄壯豪邁，將永遠存在於本朝。幾天後，趙鼎絕食而死。

趙鼎臨死前說的這句話，演變為「氣壯山河」，用來形容氣概像高山大河那樣雄壯豪邁。

　　趙鼎為人正直，卻遭秦檜排斥，最後含恨而死。說起秦檜，大多數人還會想起宋朝名將岳飛，岳飛也是被秦檜陷害致死的。這秦檜到底是一個什麼樣的人呢？

　　秦檜在歷史上是有名的奸臣，更被稱為南宋的賣國賊。南宋建立後，秦檜得到宋高宗的信任，做了南宋的宰相，掌有大權。之後金兵南侵攻打南宋，當時的大將岳飛、韓世忠等人大舉北伐，多次取得勝利，可秦檜卻慫恿宋高宗撤兵，並誣陷岳飛意圖謀反。最終岳飛被殺，南宋與金國再次簽訂屈辱的和約。自此以後，南宋向金國稱臣，賠給金國很多金銀財寶。秦檜卻借此又擔任了十八年宰相，獨攬朝政，排除異己，害死了很多有識之士。

　　秦檜賣國求榮、陷害忠良，歷來都遭到人們唾棄。

　　「氣壯山河」用來形容氣概豪邁，也可用來形容場面特別盛大。注意當中的「壯」不要誤寫為「狀」。

　　「氣壯山河」的近義詞有「氣貫長虹」、「氣吞山河」、「叱吒風雲」，反義詞有「氣息奄奄」。

根據以下提示，猜一個成語。

❶
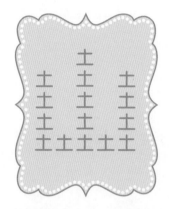

❷

❸

❹

成語放大鏡

氣吞山河	形容氣魄很大。
叱咤風雲	形容氣勢威力很大。
氣息奄奄	形容呼吸微弱，快要斷氣的樣子。

藏之名山
cáng zhī míng shān

「藏之名山」出自漢朝史學家司馬遷的《報任安書》，這原本是司馬遷寫給朋友的一封信。

司馬遷遵從父親的遺囑，當上了史官，着手編寫史書。後來他因為觸怒皇帝，遭受了宮刑，這是一種極大的恥辱。不過，司馬遷忍辱負重，堅持完成《史記》。

司馬遷在信中對朋友說，書稿完成後，他計劃把它藏進名山裏，日後傳給跟自己志同道合的人，再流傳開去。他期望以著書的成就，抵消現時受到的屈辱，因為這一切只能向有識之士傾訴，世俗凡人是不會明白的。

關於「藏之名山」，還有一個小故事。

相傳古時候有個著名的書法家，寫字技藝超羣，很多人都想拜他為師。不過，他認為那些人並非真心熱愛書法，而是為了功名利祿，因此他

將自己的著作藏在山中，一直不肯收徒弟，也不肯將自己的畢生絕學傳授給任何人。

一日，一個青年男子路過他的住處，看到他寫的對聯，便停了下來，凝視了好一陣子，不肯離去。這位書法家看見後，覺到很好奇，便上前詢問：「年輕人，你久久沒有離去，是什麼原因呀？」

年輕人將自己對這副對聯中書法藝術的感受說了出來。書法家大喜，覺得這才是真正懂得書法的人，於是將自己「藏之名山」的著作拿了出來，送給這個年輕人。

「藏之名山」原指將著作藏起來，留傳後人，現在用來比喻著作極有價值，能留傳後世。

司馬遷真的把《史記》藏在名山中了嗎？

有人認為《史記》有正本和副本，正本藏在山中，副本藏在京師。也有人認為司馬遷的官職是太史令，這是我國古代官方史料的專職記錄者，所以司馬遷寫下的《史記》應該是官書。既然是朝廷的史書，不可能真的藏在大山裏，所以「藏之名山」應該是藏在官府的一種雅稱。

有趣的是，歷史中真的有文人將作品藏入名山。古代常有戰亂，詩書容易丟失。唐代詩人白居易為了保存自己的作品，生前把詩文編好，抄寫五部，分別藏在各大名山名寺中。這一招確實有效，白居易留存下來的詩有近三千首，在唐代詩人中首屈一指。

成語小貼士

「藏之名山」的「藏」是收藏的意思，注意「藏」字的讀音為 cáng，粵音牀。這個成語還有後半句，連起來是「藏之名山，傳之其人」。另外，「藏之名山」也有寫成「藏諸名山」。

嶽麓書院是中國古代四大書院之一，有「千年學府」之稱，它的門聯「納於大麓，藏之名山」，也曾用到這個典故。

除了「藏之名山」，司馬遷撰寫的《史記》裏，還出現了很多成語，比如「季布一諾」、「拔山扛鼎」、「負荊請罪」等。

成語歡樂谷

你能幫下面的成語找到它們各自的朋友嗎？

❶ 藏之名山

❷ 一夫當關

❸ 一人得道

❹ 高山流水

❺ 一着不慎

萬夫莫開

雞犬升天

傳之其人

滿盤皆輸

知音難覓

成語放大鏡

忍辱負重	為了重要的任務，忍受屈辱，擔起責任。
季布一諾	季布是一個很講信用、從不食言的人。季布的承諾，比喻極有信用，不食言。
拔山扛鼎	形容力量超人或氣勢雄偉。
負荊請罪	形容向對方承認錯誤，請求責罰和原諒。

東山再起

dōng shān zài qǐ

　　東晉時期，有一個人名叫謝安。他聰明過人，知識淵博。他雖然極有才華，但不願做官，曾借病辭官回家，從此隱居在浙江會稽的東山上，與王羲之、許詢等文人一起遊山玩水，寫詩作對，過得逍遙自在。

　　朝廷知道他有才幹，三番五次請他回到朝廷做官，但被他多次婉言拒絕。後來，謝安的弟弟謝萬被罷官，北方的前秦軍隊又將南下攻打晉。為了謝氏家族，為了國家，謝安迫不得已，只好答應接受任命。

　　在謝安將要上任的那天，當地官員前來送行。這時有位官員和他開玩笑說：「你過去高臥東山，屢次違背朝廷旨意，不肯出來做官。想不到東山再起，今天到底還是出來了。」

　　謝安肩負重任，率領晉國軍隊與敵人對戰，

在「淝水之戰」中，以少勝多，立了大功。他為朝廷盡心盡力，鞠躬盡瘁，官至宰相。

後來，人們用「東山再起」指失勢之後重新恢復地位。

延伸小知識

在我國古代，東山再起的例子還有很多。比如春秋末年，越王勾踐被吳國打敗，但勾踐臥薪嘗膽，發憤圖強，最終復國。又如伍子胥原為楚國人，但楚王因聽信讒言，殺了伍子胥的父親和哥哥，伍子胥逃到吳國，幫助吳國強大起來，還滅了楚國……

歷史浮浮沉沉間，無數人從飛黃騰達到一無所有，從傲視天下到淪為囚徒。面對失敗的慘痛，面對落魄潦倒的境地，有的人恐懼，有的人逃避，有的人一蹶不振，但勾踐、伍子胥等人選擇迎難而上。他們不一定全都具備超凡卓絕的才華，但他們有一個共同點，那就是堅韌不拔的品質。他們是真正的強者，即便山窮水盡，也會百折不撓，勇往直前，所以能夠東山再起。

成語小貼士

　　「東山再起」的反義詞有「一蹶不振」、「萎靡不振」、「土崩瓦解」。

　　「東山再起」的近義詞有「重整旗鼓」、「捲土重來」、「死灰復燃」。不同的是，「死灰復燃」偏重指惡勢力、壞現象，而且既能指人，也能指物或某一種現象，含有貶義。「東山再起」和「捲土重來」更偏重於失去勢力後重新得勢。「東山再起」多用於人，且大多指本來有勢力、有地位的人。「捲土重來」的適用對象更廣。

成語歡樂谷

在圖框裏填上恰當的方位詞,把下面的成語補充完整。

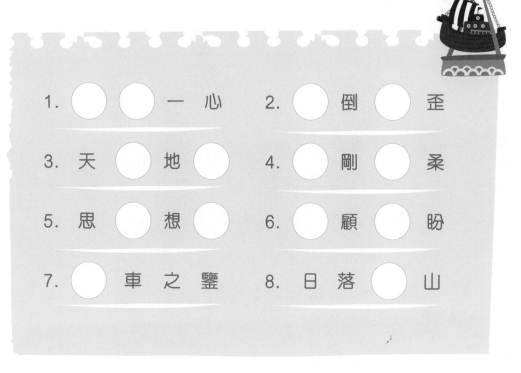

1. ◯ ◯ 一 心

2. ◯ 倒 ◯ 歪

3. 天 ◯ 地 ◯

4. ◯ 剛 ◯ 柔

5. 思 ◯ 想 ◯

6. ◯ 顧 ◯ 盼

7. ◯ 車 之 鑒

8. 日 落 ◯ 山

成語放大鏡

逍遙自在	形容悠然自得,自由自在。
迫不得已	出於被迫,不得不那樣(做)。
鞠躬盡瘁	小心謹慎,貢獻出全部精力。
一蹶不振	比喻遭受挫折或失敗後,無法振作起來。蹶jué,粵音缺。
死灰復燃	已經停息的事物又重新活動起來,多指不好的事情。

高山流水

　　傳說在春秋戰國時期，有個楚國人名叫伯牙，他很擅長彈琴。

　　有一日，伯牙在遊山玩水的時候，望着青山綠水，思緒萬千，於是撫琴彈了一曲。彈完後，他忽然發現旁邊站着一個樵夫。這個人名叫鍾子期，他對伯牙的琴藝讚不絕口。

　　伯牙又彈了兩首曲子給鍾子期聽。伯牙想到巍巍高山，就信手撥動琴弦，琴聲雄壯高亢。鍾子期讚歎道：「巍峨高聳，如同泰山一樣。」

　　一會兒，伯牙心中想起滔滔江水，又彈了一曲。鍾子期又讚歎道：「這首曲子表現的是浩瀚的江水啊。」

　　伯牙驚喜萬分，深有感觸地說：「我的琴聲琴意都瞞不過你，你真是我的知音。」兩人相見恨晚，還相約來年再見。

不幸的是，第二年當伯牙赴約的時候，才得知鍾子期已不幸離世。伯牙在鍾子期的墳前，撫琴哭泣，彈了一曲《高山流水》。曲終，他用刀割斷琴弦，並仰天長歎：「知音已經不在了，我還為誰彈琴呢？」從此，伯牙再也不彈琴了。

　　後來，人們常常用「高山流水」來指知音難覓或樂曲高妙。

名家點評

　　「高山流水」在中國文化裏表達的意蘊很深厚，既可以指朋友之間的友誼，也含有非常玄遠的意境。它是中國成語裏意境最高妙的成語之一。2008年北京奧運會上也曾演繹過這一曲目。

韓田鹿
河北大學文學院教授

「千金易得，知己難求」，在古人的世界裏，酒要和知己飲，「酒逢知己千杯少」；詩要和知己吟，「詩向會人吟」；生命可以向知己託付，為知己兩脇插刀，「士為知己者死」。

人生得一知己足矣，你的生活中有沒有這麼一個懂你的朋友呢？這個能成為你的「知己」或「知音」的人，有很多事情，只要你簡單的一句話或者一個動作，你們之間已經心照不宣。如果有，請珍惜友誼；如果沒有，也請耐心等待。

世上總有一個人，等待着與你不期而遇。不要為沒人欣賞你而愁眉不展，不要因為這一刻沒朋友而悶悶不樂。只要相信，只要等待，你總會遇到你的知音。

成語小貼士 💡

「高山流水」的故事在一個廣為流傳的版本中，伯牙的名字為俞伯牙，原籍是楚國郢都（今湖北荊州）。但是經考證，伯牙不姓俞，他姓伯名牙。「俞伯牙」的説法，是明末小説家馮夢龍在《警世通言》裏杜撰的。《列子》、《荀子》等書中均記載為「伯牙」。

看見「高山流水」這個成語，不要將它的意思錯誤地理解為高聳的山脈和涓流的溪水。其實，《高山流水》是我國著名的十大古曲之一，背後更有感人的故事。

我們在學習成語時，一定不可以望文生義，應該了解它背後的故事，挖掘真正的含義，掌握正確的用法。

成 語 歡 樂 谷

　　哪些成語同時包含「山」字和「水」字的呢？在圖框裏填上適當的字，把成語補充完整。

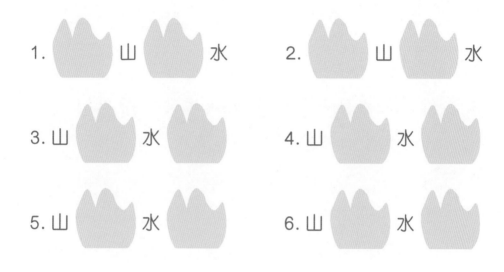

1. ◻ 山 ◻ 水　　　2. ◻ 山 ◻ 水

3. 山 ◻ 水 ◻　　　4. 山 ◻ 水 ◻

5. 山 ◻ 水 ◻　　　6. 山 ◻ 水 ◻

成 語 放 大 鏡

讚不絕口	讚美的話說個不停，形容對人或事物十分讚賞。
相見恨晚	為認識得太晚而感到遺憾，形容一見如故，意氣相投。
心照不宣	彼此心裏明白，不必明說。
不期而遇	沒有約定而意外地相遇。
望文生義	不懂某一詞句的正確意義，只從字面上去附會，做出錯誤的解釋。

名落孫山

宋朝時，蘇州有個叫孫山的讀書人，為人能言善辯，又幽默風趣，喜歡開玩笑，所以同鄉的人就給他取了個外號，叫他「滑稽才子」。

有一年，孫山去參加科舉考試，一個同鄉拜託他帶同他的兒子一同應考。

放榜的時候，孫山在公布成績的皇榜上看了很久，終於在最後一行看到了自己的名字，也就是說他在這次中舉的考生之中，排名倒數第一。雖然名次差了點兒，但總算是考上了，榜上有名。可是，那位同鄉的兒子就沒這麼幸運了，他沒有考上。

過了幾日，孫山打點行裝，比同鄉的兒子先一步回鄉。他一回到家裏，同鄉便慌忙跑來詢問兒子的考試情況。孫山不好意思直說，怕對方尷尬，便回答道：「解名盡處是孫山，賢郎更在孫

山外。」意思是説，皇榜上的最後一名是我孫山，而令郎的名字在我孫山的後面。孫山機智又含蓄地回答了這個問題。

此後，人們便用「名落孫山」指應考不中或選拔時落選。

延伸小知識

古人講究説話的智慧，和「名落孫山」一樣巧妙對答的故事還有很多。

在南朝時，齊高帝曾問書法家王僧虔（qián，粵音乾kin⁴）：「你和我，誰的字更好？」

王僧虔聽了有點苦惱，這個問題得小心回答才是。如果説皇帝的字好，這不符合事實，是違心的話，皇帝也會覺得王僧虔虛偽。但如果説自己的字好，皇帝會覺得丟面子，弄不好還會損害君臣關係，甚至掉腦袋。

後來，王僧虔巧妙地回答道：「我的字在臣子中是最好的，您的字在君主中是最好的。」

王僧虔的話，既不諂媚，也不失分寸。而且歷來君主很少，臣子卻不計其數，王僧虔的言外之意便是自己的字要更勝一籌。

齊高帝聽出了王僧虔的心裏話，哈哈一笑，不再提這件事。

在我們的日常生活中，若能和孫山、王僧虔一樣妙語連珠，懂得説話的智慧，説起話來便能得體有度，娓娓動聽。但如果笨嘴拙舌，便有可能把氣氛弄得尷尬沉悶。

説話也是一門藝術，適當的幽默，能夠緩和氣氛，化尷尬為融洽，化干戈為玉帛，讓你在社交活動中遊刃有餘。

成語小貼士

在學習「名落孫山」這個成語時，要注意「孫山」不是山名，而是人名。

與「名落孫山」意思相近的成語有「榜上無名」、「一敗塗地」，與它意思相反的成語有「金榜題名」、「蟾宮折桂」、「名列前茅」。

你能根據下面的內容，寫出以「名」字開頭，且符合上下文語境的成語嗎？

張曉文是一個品學兼優的好孩子，語文成績在班裏一直 ❶ 名（　　）（　　）茅。她尤其擅長作文，文筆暢順，立意深遠，曾獲得作文比賽第一名，是個 ❷ 名（　　）其（　　）的才女。

許多同學向她取經。張曉文說，父母經常帶她遊覽 ❸ 名（　　）大（　　），訪問各處 ❹ 名（　　）古（　　），開闊眼界。她還會寫遊記，記錄所見所聞。

妙語連珠	形容精彩的話語一句接着一句，像珠子連在一起。
娓娓動聽	形容善於講話，使人喜歡聽。
笨嘴拙舌	嘴笨，沒有口才。也説笨口拙舌。
蟾宮折桂	蟾宮：月亮。折桂：比喻科舉中選。科舉時代用「蟾宮折桂」表示考取到進士。

一葉障目

　　楚國有個書呆子，一天，他讀書的時候看到
《淮南子》上寫着：「螳螂捕蟬時，將身體躲藏
在樹葉後，那片葉子能讓牠隱藏自己的身體。」
他浮想聯翩，自言自語道：「要是我得到那片隱
身葉，大家看不到我，該有多好。」

　　從這天起，書呆子整天在樹林裏尋找隱身
葉。幾天後，他真的發現一隻螳螂正在捕蟬，他
很高興，一下子撲上去，可他動靜太大，隱身葉
和其他葉子一起呼啦啦掉了下來，混在一起。

　　書呆子把落葉一股腦兒全都帶回家，一片片
試驗。他每拿起一片樹葉，就問妻子：「你能看
得見我嗎？」他一次次問，妻子一次次回答。到後
來，他的妻子實在忍無可忍，便隨口答道：「看不
見。」書呆子一聽，大喜過望，興高采烈地跑到街
上。他用樹葉遮着自己的臉，拿起店舖裏的東西就

走，結果被店主一把抓住，送交官府。

　　縣官疑惑地問道：「光天化日之下，你竟然敢明目張膽地偷東西，這是怎麼回事？」書呆子不解地答道：「螳螂捕蟬，用葉子便能隱身。我明明有隱身葉，你們怎麼能看到我？」縣官聽罷，哭笑不得。

　　「一葉障目」可以擴寫成「一葉障目，不見泰山」，這句話出自《鶡（hé，粵音渴）冠子·天則》，意思是被一片樹葉擋住了眼睛，連高大雄偉的泰山都看不見了。這個成語用來形容看不到事物的全貌或根本的問題。

那個楚國書呆子只知道盲目相信書本裏的傳說，不知道現實裏是行不通的，實在可笑。這樣的故事雖然荒誕不經，但卻屢見不鮮。在古代，由於科學知識和技術還不夠發達，人們容易盲目相信各種傳聞。晉代大畫家顧愷之也曾以為葉子能隱藏自己，人們為此紛紛説顧愷之有三絕：才絕、畫絕、癡絕。

即便是在現代社會，我們有些時候也會一葉障目，相信謠傳。不想像楚國書呆子那樣可笑，遇到這樣的情況時，別忘了自己動腦筋想一想，並親自驗證，分清真假。

和「一葉障目」這個成語意思比較相近的還有「兩葉掩目」、「兩豆塞耳」、「閉目塞聽」等。這些成語一般用來形容看不到全局。我們在生活中，一定要三思而行，不能只看局部，忽略整體。

另外需要注意的是，「一葉障目」的「障」，左邊是「阝」，阜部。這與「層巒疊嶂」的「嶂」字形比較相近，但是差之毫釐，謬以千里。「障」的意思是阻隔，遮擋，而「嶂」是山字旁，用來形容山的高險，指像屏障一樣的山。

根據人體部位的名稱，填上適當的字，使成語補充完整。

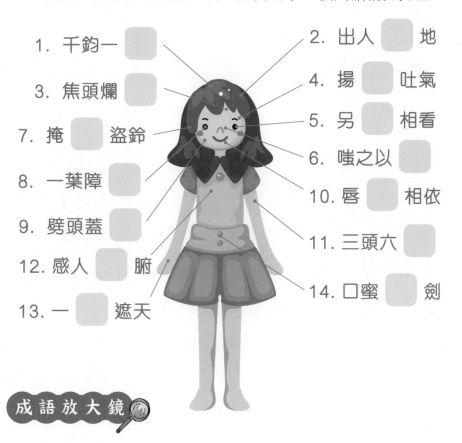

1. 千鈞一 ☐

2. 出人 ☐ 地

3. 焦頭爛 ☐

4. 揚 ☐ 吐氣

5. 另 ☐ 相看

6. 嗤之以 ☐

7. 掩 ☐ 盜鈴

8. 一葉障 ☐

9. 劈頭蓋 ☐

10. 唇 ☐ 相依

11. 三頭六 ☐

12. 感人 ☐ 腑

13. 一 ☐ 遮天

14. 口蜜 ☐ 劍

成 語 放 大 鏡

大喜過望	結果比預期還要好，因此非常高興。
光天化日	原指太平盛世，後形容大家看得非常清楚的場合。
荒誕不經	虛妄離奇，不合情理。
屢見不鮮	常常見到，並不新奇。
差之毫釐，謬以千里	開始時的差距雖然很小，結果卻會造成很大的錯誤。

愚公移山

《列子‧湯問》中有一個我們耳熟能詳的故事。傳說很久以前，北方住着一位名叫愚公的老人，年紀將近九十歲。他的家正對着王屋和太行兩座大山，南北的交通被大山阻斷，進出都要繞路。愚公非常苦惱，於是把全家人叫到在一塊兒商量，他説：「我們一起鏟平這兩座大山，開通道路吧！」

兒孫們都表示同意。他的妻子有些疑惑：「你已經這樣老了，恐怕連魁父這樣的小山都搬不動，又怎麼搬走這兩座大山呢？況且，挖出來的土石要堆放在哪裏呢？」

大家紛紛出主意：「可以放到渤海邊去。」

過了不久，愚公便帶領着自己的兒孫們開工了。他們鑿石挖土，將挖下的土石一點點運往渤海。鄰居寡婦有個兒子才七八歲，他也蹦蹦跳跳

地加入了移山的隊伍，一起幫忙。

　　河曲有個叫智叟的老人，他聽說這件事後，就找到愚公，說：「你真是太傻了。就憑你殘餘的歲月、剩餘的微薄力量，怎麼能把這兩座大山搬走呢？」

　　愚公說：「你真是迂腐，甚至不如孤兒寡母。就算我死了，我的子子孫孫也會繼續挖山，一代又一代地延續下去，然而山不會增高，何愁挖不平呢？」這番話說得智叟啞口無言。

　　持蛇大神把這件事告訴天帝。天帝被愚公感動了，命令大力神背走兩座山。從此，那裏就沒有大山阻礙他們，道路暢通無阻。

《列子·湯問》中記載了很多神話故事，除了愚公移山，還有夸父追日、大禹治水等故事。

「愚公移山」的故事，誇張地虛構了一位老人不懼困難、堅持不懈、挖山不止的故事。他鍥而不捨的精神值得我們敬佩。

在生活中，我們也會遇到許多困難，只要不放棄希望，發揮愚公精神，堅持到底，定能撥開烏雲見彩虹。

來到今時今日，移山填海已經不是罕見的事。就像香港，為了增加可用的土地面積，在一百七十多年前已開始移山和填海。比如位於赤鱲角的香港國際機場，就是填海得來的土地。雖然香港的土地面積越來越大，但是維多利亞港和其他海港的面積卻越來越小。受到填海工程影響，中華白海豚的數量也日漸減少。除了填海，我們有沒有其他辦法解決土地不足的問題呢？人類和自然，怎樣可以和平相處呢？

成語小貼士💡

「愚公移山」的近義詞有「持之以恆」、「矢志不渝」、「精衞填海」等。

「愚公移山」的反義詞有「虎頭蛇尾」、「有頭無尾」等。「有頭無尾」這個成語，宋代朱熹的《朱子語類》提過：「若是有頭無尾的人，便是忠也不久。」意思是說，做事有頭無尾的人，就算現在忠誠，以後也忠誠不了太久。

在下面的圖框中填入適當的字，把成語補充完整。

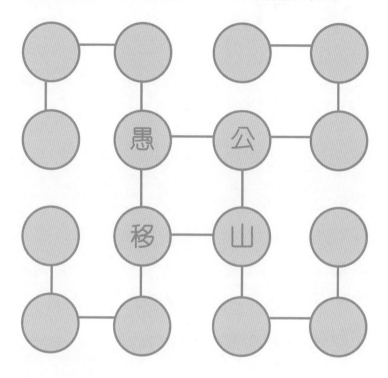

成語放大鏡

耳熟能詳	聽的次數多了，熟悉得能詳盡地說出來。
啞口無言	像啞巴一樣說不出話來。形容理屈詞窮的樣子。
堅持不懈	堅持到底，一點兒也不鬆懈。
鍥而不捨	雕刻一件東西，一直刻下去不放手，比喻有恒心，有毅力。
虎頭蛇尾	虎頭大，蛇尾小。開始時聲勢很大，後來就沒有勁了。比喻做事有始無終。

執法如山
zhí fǎ rú shān

　　唐朝有一位太平公主，她既是唐高宗與武則天的女兒，又是唐中宗的妹妹，備受父王和母后寵愛，在朝中權勢極大。

　　有一次，太平公主到雍州遊玩，在寺院中發現了一個水磨，心裏十分喜歡，也沒有問過寺院的人，便讓隨從將水磨運回京城，據為己有。

　　寺院的和尚不敢當面阻攔，只能悄悄告到了雍州司戶李元紘（hóng，粵音弘）那裏。李元紘只是一個小官，權力不大，但他剛正不阿，不畏強權，立即受理此案。經過調查，那水磨確實是寺院的財產，太平公主沒有權利隨意霸佔。於是，李元紘將水磨判給寺院。

　　李元紘的上司雍州刺史竇懷貞知道後，嚇了一大跳。竇懷貞一向趨炎附勢，想巴結太平公主都還來不及，怎敢讓自己的下屬去冒犯太平公主

呢？於是，他即刻命令李元紘將水
磨改判給太平公主。

李元紘非常不認同這種恃
強凌弱、是非不分的行為，
感到無比憤慨。他二話不
說，立即拿起筆，在原
本判決書的空白處寫
下「南山可移，判
不可搖也」幾個大
字，堅決維持原判。這句話的意思是說，就算南
山可以移動，這個判決也不能改變。

後來人們將這句話逐漸濃縮為成語「執法如
山」，比喻執行法律像山一樣不可動搖。

延伸小知識

成語故事中的李元紘為人正直，他不畏強權的例子還有很多。
就像李元紘在擔任縣令的時候，曾負責主持疏通三輔境內的河渠。

當時，很多有權有勢的王公貴族都在渠岸建造了使用水力轉
動的石磨。這石磨轉動時，可以脫去穀物的外殼、把穀物磨成粉

末，以供自用或出售，是王公貴族們重要的經濟來源。可是石磨運作時，需要佔用灌溉用水，影響下游稻田的作物生長。為了保護稻田，朝廷一度禁止設置這樣的石磨。

李元紘為了保障百姓的利益，不顧王公貴族的反對，命令吏卒拆毀他們的石磨，使農田得以有水灌溉。正因為如此，百姓都稱頌他，愛戴他。

李元紘不趨炎附勢，不巴結權貴，而且剛正不阿、堅持原則，這是我們每個人都應該學習的。

成語小貼士

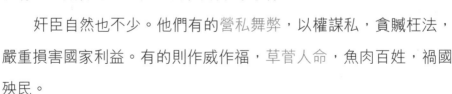

在應用「執法如山」這個成語時我們可以這樣用：這位法官一貫秉公辦案，執法如山，不徇私情。

古代和李元紘一樣執法如山的好官還有很多。比如唐朝有敢於犯顏直諫、判案如神的狄仁傑；北宋有鐵面無私、公正廉明的包拯，他又叫「包青天」；明朝有嚴懲貪官污吏，從不徇私舞弊的海瑞……

奸臣自然也不少。他們有的營私舞弊，以權謀私，貪贓枉法，嚴重損害國家利益。有的則作威作福，草菅人命，魚肉百姓，禍國殃民。

另一方面，古人喜歡用無瑕的白璧來形容清官，用青蠅（蒼蠅）來形容奸臣，「白璧青蠅」一詞就是指善惡忠佞，可見古人像喜歡白璧一樣喜歡清官，像憎惡青蠅一樣討厭奸臣。

下面的成語中，哪些可以用來形容忠臣？哪些可以用來形容奸臣？

一身正氣

草菅人命

以權謀私

正氣凜然

剛正不阿

巧取豪奪

貪贓枉法

鐵面無私

禍國殃民

橫徵暴斂

克己奉公

兩袖清風

忠臣

奸臣

成語放大鏡

趨炎附勢	奉承、依附有權有勢的人。
鐵面無私	形容公正嚴明，不怕權勢，不講情面。
營私舞弊	為謀求私利耍弄手段，做違法亂紀的事。
草菅人命	把人命看得像野草一樣，指任意殘殺人民。菅jiān，粵音奸。

重於泰山

zhòng yú tài shān

　　西漢時期，大將李陵率領五千步兵與匈奴軍隊對戰，可惜戰敗，李陵向匈奴投降。

　　消息傳回京城，漢武帝大怒，羣臣也紛紛聲討李陵，只有太史令司馬遷替李陵辯解。他認為李陵一直忠心報國，可能只是假意投降，再找機會回來。

　　這番話觸怒了漢武帝，司馬遷被關進監獄，受了宮刑。這種刑罰對當時的人來說是極大的侮辱，有些人可能會萬念俱灰，選擇自殺，以保全古代文人最重視的氣節。可是，司馬遷還沒有完成父親的遺志，沒有編完《史記》，他不想這麼死去。

　　他在《報任安書》中寫道：「人本來就是要死的，有的人死得比泰山還重，有的人死得比鴻毛還輕。這是因為他們的死價值高低不同。我現在雖

然遭受刑罰與屈辱，但不能不顧父親的遺願，輕易赴死。西伯姬昌被拘禁後寫出《周易》；孔子被困於陳蔡，編寫了《春秋》；屈原被放逐後寫出《離騷》……這些人雖然遭受苦難，但將心中鬱結化為著作，讓將來的人了解他們的志向。

「我也有志向，我想收集天下散失的歷史傳聞，考究當中真實和虛假，並記錄下來，我想借此探討歷史沉浮中成敗盛衰的道理。我才剛剛開始編寫，沒想到遭受這樣的刑罰。如果不完成這部書，那我會痛苦萬分，所以就算受到這樣的酷刑我也選擇承受，絕不後悔。」

後來，人們用「重於泰山」比喻作用和價值極大。

司馬遷遭受宮刑後，仍忍辱負重，寫出千古名作《史記》，流芳百世，對後世影響極大。每個人的一生都不可能一帆風順，不過，遇到挫折、困難時，有些人能夠勇敢面對，樂於挑受挑戰。

《孟子》裏有一段著名的話：「天將降大任於是人也，必先苦其心志，勞其筋骨，餓其體膚，空乏其身，行拂亂其所為，所以動心忍性，曾益其所不能。」

孟子認為，上天要將重大的責任交付到某個人身上，一定會先磨礪他的內心意志，讓他感受到痛苦；折磨他的身體，使他筋骨勞累；重創他的精神，使他陷於貧困，忍受飢餓，日漸消瘦；磨煉他的意志，使他做事顛倒錯亂，總不如意。這些歷煉能激勵他的心志，使他性情變得更堅定，幫他提升才能。

你能勇於接受挑戰，磨煉自己，使自己更進一步嗎？

成語小貼士

「重於泰山」的反義詞有「輕於鴻毛」。「重於泰山」現在常用於指比泰山還重，形容價值極高或責任重大。

對古人來說，死亡並不可怕，但要死得無畏無憾。宋代的文天祥領兵抗元，戰敗被俘。元軍多次勸他投降，但被拒絕。文天祥寫下「人生自古誰無死，留取丹心照汗青」的詩句，意思是說，自古以來，人終究不免一死。倘若能為國盡忠，死後仍可光照千秋，名留青史。文天祥最終以死殉國，人們都認為他的死重於泰山。

　　下面的成語迷宮裏，很多字都能與「山」字組成成語，你能把它們都圈出來，並組成成語嗎？

示例： 人山人海

門	海	人	東	河
開	東	見	山	窮
再	起	刀	歸	空
盡	水	吞	坐	虎
海	火	氣	吃	放

成 語 放 大 鏡

萬念俱灰	一切想法、打算都破滅了，形容失意或受到打擊後極度灰心失望的心情。
流芳百世	形容美名永遠流傳後世。
一帆風順	比喻非常順利，毫無波折或挫折。
輕於鴻毛	比大雁的毛還輕，多形容輕微或不足道。

投石問路

清代小說《施公案》有一個這樣的故事：

清朝有一位名為施世綸的清官，他秉公執法，不畏強權，斷案如神，百姓都誇讚他是「施青天」。

一天晚上，施世綸正在看書，突然從窗外飛進來一個紙團。他打開紙團一看，裏面有一塊石頭，紙上面寫着：「我要借你的官印一用。」施世綸大驚失色，連忙叫來管家施安，讓他去保護官印，又叫來手下黃天霸和褚（chǔ，粵音處）標，跟他們說了這件事。

褚標見多識廣，一聽就知道施世綸中了計，說道：「大人，扔紙團的賊人並不知道您的官印放在哪裏，如果大人不派人去保護，那麼賊人也無計可施。現在大人您讓施安去保護官印，其實是在為賊人引路，把存放官印的地點暴露出來

了。這正是『投石問路』的計策啊！」

施世綸聽了褚標的話，恍然大悟，而他的官印果然被盜了。

古代沒有路燈一類的照明設施，所以晚上外出行走很不方便。人們往往會在看不清路況的時候，向前方扔石頭。如果有石頭落水的聲音，說明前方有危險。如果沒有奇怪的聲音，那麼前方就有路可走。

人們用「投石問路」比喻在採取某種行動之前，先去試探虛實。

　　「投石問路」是一種試探的方法，也是一種策略。古往今來，在政治、經濟、軍事、外交、商界等各個領域，不難見到「投石問路」這個計策。比如，一個國家在推行一項重大的新政策或新法律時，會先頒布一個暫行條例，或者在某個局部區域率先試行，目的就是觀察人們的反應，看新政策或新法律試行的效果，從而評測新政策或新法律是不是合理，要不要執行。商人們也喜歡投石問路，例如產品上市前，商人會用試用裝來檢測市場反應。

　　我們在處理一件自己拿不準的事時，如果沒有較大把握，也不了解對方虛實，那麼不如投石問路，用試探的手段和方法摸清對方底細，然後再決定下一步的行動與決策。

成語小貼士 💡

　　中國成語博大精深，有教我們提升自我修養的成語，例如「海納百川」、「虛懷若谷」、「大智若愚」等；有教我們堅守品質的成語，例如「剛正不阿」、「兩袖清風」、「璞玉渾金」等；有告訴我們生活智慧的成語，例如「亡羊補牢」、「刻舟求劍」、「盲人摸象」等；也有「圍魏救趙」、「草船借箭」等計謀策略類的成語……

　　計謀策略類的成語主要分布在《六韜》、《史記》、《戰國策》、《三十六計》、《孫子兵法》、《二十四史》、《鬼谷子》等中國軍事、歷史典籍中。你知道多少個這一類的成語呢？

成語歡樂谷

以下句子說的是哪一個成語呢？圈出適當的答案。

❶ 用假動作來欺騙對方，表面上說要去東面，其實是去西面。

成語： 偷樑換柱 ／ 調虎離山 ／ 聲東擊西

❷ 明明是沒有的事情，偏說成是有這樣的事，混淆對方，使對方判斷失誤。

成語： 混水摸魚 ／ 無中生有 ／ 虛張聲勢

❸ 採用「守」的策略，不急於進攻，養精蓄銳，等對方疲倦、實力減弱的時候，才主動攻擊。

成語： 以逸待勞 ／ 隔岸觀火 ／ 混水摸魚

成語放大鏡

大驚失色	非常害怕，臉色都變了。
無計可施	沒有計謀可以施展，指想不出對策，沒有辦法。
恍然大悟	心裏忽然明白、醒悟。
大智若愚	很有智慧和才能的人，不炫耀自己，外表好像很愚笨。
璞玉渾金	沒有經過琢磨的玉，沒有經過提煉的金。比喻未加修飾雕琢的天然美質。

wán　shí　diǎn　tóu

頑石點頭

　　相傳在東晉末年，有一個高僧叫竺（zhú，粵音竹）道生，悟性非常高。他原本姓魏，年幼時出家，才改了名字。竺道生善於論辯，十四五歲就為別人講解經書，講解得深入淺出。到了二十多歲，他開始四處遊學，並到高僧聚居的廬山，廣泛地研習各個學派的佛學知識。

竺道生就「佛性」提出了自己的看法：他認為人人皆有佛性，都有機會成佛。他的這一理論在當時是很創新的，引起了一些思想保守的人強烈反對。他們將竺道生的說法斥為邪說，還把他驅趕出去。可是竺道生沒有因此而放棄，仍然堅持自己的見解。

據說竺道生曾到虎丘山去宣揚佛法。在山上，他對着很多石頭講解《涅槃（niè pán，粵音聶盤）經》，當他說到「人人皆有佛性」時，他問石頭們：「都聽懂了嗎？」所有的石頭竟然搖動起來，彷彿都在點頭，贊同他的說法。

頑石點頭的傳說不脛而走，竺道生自此聞名遐邇。人們稱叫竺道生為「生公」，有「生公說法，頑石點頭」的說法。

「頑石點頭」形容道理講得透徹，使人不得不信服。

　　我們看很多科學家或名人傳記的時候，也會發現，當一些前所未有的創新學說或發明出現的時候，常常會遭受質疑和批評。

　　面對大多數人的質疑，若要打破常規，堅持己見，需要很大的勇氣，也需要真憑實據。很多人都不輕易放棄，用事實和行動去證明自己是正確的。例如波蘭天文學家哥白尼提出「日心說」，認為太陽是宇宙的中心，而不是當時人們認為的地球是宇宙的中心。又如葡萄牙的航海家麥哲倫帶領船隊環繞地球航行，證明「地球是圓的」。他們都和道生和尚一樣，敢於堅持真理，最終都為人類的進步做出了巨大的貢獻。

　　我們在平時的學習生活中也要敢於打破常規，勇於堅持真理。

成語小貼士

　　「頑石點頭」是一個與佛教有關的成語。與佛教有關的成語還有「頂禮膜拜」、「五體投地」、「萬劫不復」等。

　　頂禮、膜拜最初都是禮拜神佛的禮節，後來才延伸為對人極端崇敬的行為。「頂禮」指的是兩手翻轉，手心向上，用自己的頭觸及對方的腳。為什麼要這麼拜呢？因為用自己最尊貴的頭部來禮敬對方最卑微的腳部，這是最大的禮節。「膜拜」是兩手合十，放在額前，進行跪拜，表示尊敬或畏服。

　　「頂禮膜拜」和「五體投地」都表示崇敬，容易弄混。前者偏重崇拜，後者偏重敬佩。

根據圖中提示，在空格裏填上合適的字，組成成語。

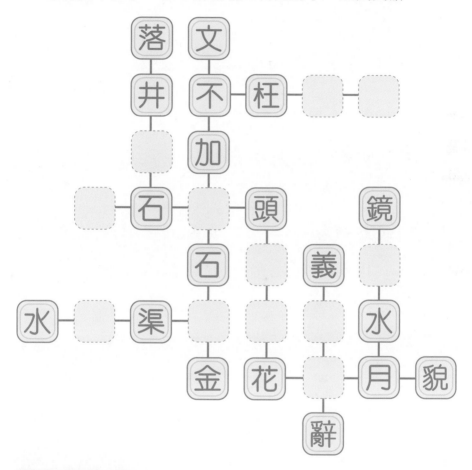

成語放大鏡

不脛而走　　脛：小腿。沒有腿卻能跑，形容傳播迅速。

聞名遐邇　　名聲傳播到各地，形容名聲很大，遠近皆知。遐邇xiá ěr，粵音霞以。

頂禮膜拜　　形容對人特別崇敬。膜mó，粵音無。

以卵擊石

yǐ luǎn jī shí

　　《荀子·議兵》裏記載道，戰國時期，趙孝成王和臨武君、荀卿議論用兵之道。趙孝成王說：「用兵有什麼要領？」

　　臨武君回答道：「需要有利於作戰的自然氣候條件，找到有利地形，觀察敵人動向，確保先發制人。」

　　荀卿反對道：「不對。用兵打仗的根本在於使民眾和自己團結一致。如果弓與箭不協調，后羿射不中太陽；如果民眾不歸附君主，那麼周武王也打不了勝仗。所以用兵的要領在於善於使民眾歸附自己。」

　　臨武君不贊同，說道：「用兵要形勢有利，懂得機變詭詐，神出鬼沒。孫武、吳起就是這樣無敵於天下的。哪裏一定要依靠使民眾歸附的辦法呢？」

荀卿據理力爭：「我所說的，是仁德帝王的軍隊。你看重的，是謀略詭計，這些都是諸侯幹的事。仁德帝王的軍隊，是不可能被權謀欺騙的。會被欺騙，都是一些粗心大意、疲憊不堪的軍隊，這樣的軍隊裏，君臣不能上下一心。用詭詐的計策欺騙堯的軍隊，就好像用雞蛋（卵）打石頭。仁德帝王的軍隊，上下一心，團結一致。動起來像寶劍一樣鋒芒畢露；不動時，像磐（pán，粵音盤）石一樣紋絲不動。想要戰勝這樣的軍隊，只會頭破血流。」

人們用「以卵投石」這個成語，指拿着雞蛋去碰石頭，比喻過分高估自己的力量，自取滅亡。後來，這個成語也常寫成「以卵擊石」。

《墨子‧貴義》裏，也曾提到過「以卵投石」。

戰國初期，有一天，墨子去北方的齊國，路上遇到一個算命先生。算命先生對墨子說：「今天黃帝在北方殺了黑龍，你的臉比較黑，今天去北方不吉利。」墨子不聽，繼續向北方走去。走到半路，他發現河水氾濫，過不了河，便往回走。

算命先生幸災樂禍地說：「你看，我說的沒錯吧？」

墨子說：「今天想渡河的人，皮膚有黑的有白的，為什麼所有人都過不去呢？而且今天北方斬黑龍，明天東方斬青龍，後天南方斬赤龍……大家是不是都會犯忌諱，都不應該出門了呢？你用謬論來反駁我的真理，就是以卵投石，就算你用盡天下的雞蛋去碰石頭，石頭也不會有一絲一毫的損傷。」

「以卵擊石」的近義詞有「螳臂當車」、「不自量力」。

歷史上以卵擊石的故事很多。春秋戰國時期，鄭國與息國發生爭執。息國軍事力量不強，威望不高，卻貿然出兵攻打鄭國，結果戰敗。人們都嘲笑息國自取其辱，還說它這樣下去很快就會亡國。

「以卵擊石」的反義詞有「泰山壓卵」、「勢均力敵」、「不分上下」。「以卵擊石」是以弱攻強，而「泰山壓卵」則是用絕對的強勢力量壓倒弱小的一方。「勢均力敵」則指雙方力量相等，不分高低。

在圖框裏填寫適當的數字，把成語補充完整。

1. ◯ 日 ◯ 秋 X ◯ 陽開泰 = ◯ 教 ◯ 流

2. ◯ 緘其口 + 梅開 ◯ 度 = ◯ 穀不分

3. ◯ 顧茅廬 X ◯ 腳朝天 = 說 ◯ 不 ◯

4. ◯ 更 ◯ 夜 − 入木 ◯ 分 = ◯ 生不熟

成語放大鏡

先發制人	先動手或採取行動，以取得主動權，壓制對方。
神出鬼沒	形容變化巧妙迅速，或一會兒出現一會兒隱沒，不容易捉摸（多指用兵出奇制勝，讓敵人摸不着頭腦）。
據理力爭	根據道理盡力爭辯或爭取。
螳臂當車	比喻不正確估計自己的力量，去做辦不到的事情，必然招致失敗。
自取其辱	自己招來羞辱。

杯 水 車 薪

bēi shuǐ chē xīn

杯水車薪

「杯水車薪」這個成語出自《孟子·告子上》。孟子說：「仁能勝過不仁，就像水能勝過火。可是，現在奉行仁道的人，在對抗不仁的時候，就像面對一車熊熊燃燒的柴草，卻只拿小小的一杯水去澆滅。滅不了火，便說水不能戰勝火。這種說法，大大助長了那些不仁的人的氣焰，結果他們連心中留存的最後一點兒仁義，也丟掉不要了。」

關於這個成語，還有一個有趣的小故事。

從前，有個樵夫去山上砍柴。回家途中，由於天氣炎熱，他又熱又渴，便把裝滿了一車的柴草，放在茶館門前，自己到茶館裏喝茶解暑。

剛坐下一會兒，樵夫聽見外面有人大喊：「不好了，不好了！柴草着火了，快來救火啊！」樵夫慌忙端起茶杯衝了出去，焦急地把茶杯裏的水

潑向燃燒着的柴草。然後他又去盛了滿滿的一杯水，想再去滅火，但是他一看，柴草早已燒光，變成灰燼了。

　　一杯水的力量，對於一車着了火的柴草來說，是多麼渺小。現在人們常用「杯水車薪」這個成語比喻無濟於事，幫不了什麼。

延伸小知識

　　孟子是戰國時期著名的思想家、政治家、教育家，是儒家學派的代表人物之一，後人尊稱他為「亞聖」。他繼承了孔子「仁」的思想理念，並將其發展為「仁政」思想。

　　據說《孟子》一書由孟子和他的弟子編寫而成，記錄了孟子的言行，反映了他的治國思想、政治觀點等，是儒家的經典著作。

孟子用「杯水車薪」來解釋人們踐行「仁」的時候遇到的問題。他認為仁一定能戰勝不仁，但前提是，一定要全心全意，竭盡全力。

後人創作出樵夫杯水車薪的故事，同樣值得我們思考。樵夫用一小杯水去對抗一大車燃燒着的柴草，只是徒勞無功。我們做事時，要想清楚自己的行動會有什麼結果、成效有多大。遇到困難時，如果自己應付不來，可以請身邊的人幫忙，羣策羣力，説不定事半功倍。要是像樵夫一樣不假思索就行動，很可能會白費力氣，甚至適得其反。

成語小貼士

「薪」字是草字頭，與植物有關，是柴草、柴火的意思。成語「薪盡火傳」、「臥薪嘗膽」中都有「薪」字。「薪盡火傳」又叫「薪火相傳」，指前一根柴剛燒完，後一根柴已經燒着，火永遠不熄。比喻師生傳授，學問一代代地傳承下去。「臥薪嘗膽」指越王睡在柴草上，吃飯睡覺前都要嘗一嘗苦膽，鞭策自己不忘恥辱。形容人刻苦自勵，勵志雪恥圖強。

學習成語時，只要學會觸類旁通，把「杯水車薪」、「薪盡火傳」等成語聯繫在一起，便能輕鬆記住同類型或有關聯的字了。

與「杯水車薪」意思相反的成語，有「立竿見影」、「卓有成效」，與它意思相近的成語有「於事無補」、「無濟於事」。

在方格裏填上適當的字，把各個成語連接起來。

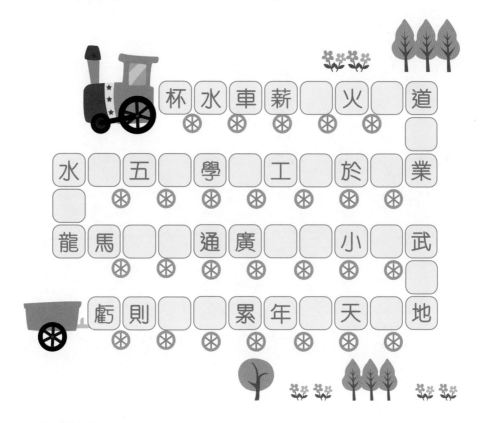

成語放大鏡

無濟於事	對事情沒有任何幫助。
羣策羣力	大家共同出主意，出力量。
觸類旁通	掌握了關於某一事物的知識後，進一步推知同類中的其他事物。
立竿見影	比喻立見功效。

bèi shuǐ yí zhàn

背水一戰

楚漢之爭中，漢王劉邦派手下的大將韓信領軍向趙國進攻。趙國大將陳餘驕傲地說：「我有二十萬兵馬，韓信只有區區三萬。而且，他們遠道而來，將士疲憊。我強敵弱，我軍一定能大獲全勝。」

韓信帶兵不多，但他並不擔心。他派出兩千輕騎，每人拿一面漢軍旗幟，偷偷到趙軍營寨旁邊埋伏起來。一旦發現趙軍離開營地，他們就迅速搶佔敵營，換上漢軍旗幟。然後，韓信派了一萬士兵在敵營外的河岸邊，背着河水擺開陣勢。

第二日，韓信率軍發動進攻，雙方展開激戰。不一會兒，漢軍假裝打不過，退往河邊，趙軍大喜，出動所有士兵，想要乘勝追擊。

這時，韓信的主力部隊已經退到河岸邊。韓信大喊：「將士們，再後退就是河，無路可退。既

然難逃一死，不如前進殺敵，拼出一條生路！」
背水而戰的士兵們拼盡全力向敵軍殺去，期望險
中求勝。

漢軍氣勢如
虹，趙軍抵擋
不住，節節敗
退。趙軍快要
退到營地時，
一些士兵突然發
現營中早已插滿漢軍旗
幟，以為軍營被漢軍奪取，立刻亂作一團。漢軍
越戰越勇，大敗趙軍。

後來，將領們問韓信：「您讓我們背水一戰，
是什麼策略呢？」

韓信笑着說：「敵強我弱，若不置之死地而後
生，大家怎麼會拼命呢？」

這個故事後來演化出成語「背水一戰」，比
喻決一死戰，死裏求生。

韓信是西漢的開國功臣，也是歷史上著名的將領。劉邦說韓信「戰必勝，攻必取」，打仗必然能贏，攻打敵軍必然能取勝。

韓信有不少事跡，現時都成為了成語。比如說，韓信得到蕭何的幫助，把他推薦給劉邦，蕭何說韓信是「國士無雙」，意思是在一個國家裏，不會找到第二個像韓信這樣的人才。劉邦起初讓韓信負責管理糧倉，韓信建議「推陳出新」，在糧倉設置前門和後門，新的糧食從前門放進去，舊的糧食從後門推出來，從而減少糧食積聚過久而變質腐爛的問題。

還有不少成語原本是韓信的戰術，例如背水一戰、四面楚歌、十面埋伏等。然而，他並非紙上談兵，而是真的熟悉兵法，善於靈活用兵，立下赫赫戰功。

成語小貼士

「背水一戰」的近義詞有「破釜沉舟」、「濟河焚舟」、「背城借一」。

「背水一戰」、「破釜沉舟」、「濟河焚舟」都是「置之死地而後生」的軍事策略，是用求生這一人類最大的心理訴求，來刺激將士提高戰鬥力。

同樣從心理角度講戰爭的，還有「一鼓作氣」。古人認為第一次擊戰鼓，戰士的士氣最高昂；等到第二次擊戰鼓，士氣會低落一些；到了第三次擊戰鼓，戰士們的士氣基本枯竭。所以將領要在戰士士氣最高昂的時候發動進攻。

成語歡樂谷

有錯別字混進了成語王國，快把它們抓出來改正吧！

1. 病入膏盲

2. 千鈞一發

3. 不勞而穫

4. 揹水一戰

5. 濫芋充數

6. 破斧沉舟

7. 風聲鶴淚

8. 完形畢露

成語放大鏡

紙上談兵	在文字、書本上談用兵策略，比喻不聯繫實際情況，空發議論。
濟河焚舟	渡過了河，把船燒掉。比喻有進無退，決一死戰。
背城借一	在自己城下和敵人決一死戰，泛指跟敵人做最後一次的決戰。

車水馬龍

東漢明帝駕崩後，章帝劉烜（dá，粵音笪 daat³）即位，明德皇后被尊為皇太后。漢章帝打算給皇太后的弟兄封爵，但皇太后堅決反對。於是，這件事便不了了之。

第二年夏天，天下大旱，一些大臣上奏說：「今年大旱，是因為去年沒封外戚的緣故。請分封外戚。」古時候，皇后與皇太后的娘家親戚被稱為外戚。這些大臣想藉此討好皇太后。

可是，皇太后還是不同意，並且為此專門

下了道懿旨：

「提出分封外戚的，都是想討好我的人。以前成帝分封了五個關內侯，可是狂風肆虐，沙塵滿天，天不降雨。漢武帝的舅舅田蚡（fén，粵音焚）、漢文帝皇后的親戚竇嬰也封了侯，之後他們便驕橫跋扈，最終招來災禍。所以先帝（明帝）在位時，不讓外戚擔任朝廷要職。

「我身為太后，從不華衣美食，左右宮妃也盡量儉樸。我以身作則，做好天下表率，希望外戚見了能注重自省，自我約束。可我沒想到他們沒有反省，反而笑着說我只是愛好儉省。前幾天我路過家門，看見給我的親戚們請安送禮的人絡繹不絕，車如流水，馬如游龍。我的親戚們很富有，車和衣服比我宮中的還要奢華。他們只顧自己，根本不為國家分憂，我怎麼能同意給他們加官晉爵呢？」

「車水馬龍」就是說車像流水，馬像游龍，人們用這個成語形容車馬很多，來往不絕，十分繁華、熱鬧。

明德皇后是東漢著名將領馬援的女兒。馬援將軍為人剛正不阿，一生中大部分時間都在邊疆度過，最後為國捐軀，馬革裹屍。

馬援對家人要求嚴格，要求他們謹言慎行，平時要節儉，為人要清廉。耳濡目染之下，明德皇后十分有賢德，而且公私分明，深明大義。就在「車水馬龍」這個成語故事裏，她沒有因為當了皇后、皇太后，就要求皇帝給她的家族好處，反而因為自己的親戚不為國家分憂，反對給他們加官晉爵。

明德皇后是歷史上著名的賢德皇后，《續列女傳》對她讚不絕口，認為她作為妻子，是女子們的典範；作為皇后，則是母儀天下的標杆。

成語小貼士 💡

和「車水馬龍」意思相近的成語，有「川流不息」、「絡繹不絕」等。「川流不息」指行人、車馬等像水流一樣連續不斷。而「絡繹不絕」指人、馬、車、船等前後相接，連續不斷。

與這幾個成語一樣形容熱鬧的，還有「萬人空巷」。這個成語從字面上看很容易被誤解為巷子空了，沒什麼人，但實際上它指家家戶戶的人都從巷子裏出來，觀看或參加某些大型活動等，多用來形容慶祝、歡迎等盛況。

和「車水馬龍」意思相反的成語，有「門可羅雀」。它指大門前面可以張網捕雀，形容賓客稀少，十分冷清。

成語裏的動物逃跑了，你能把牠們都找回來嗎？

1. 對 ◯ 彈 琴　　2. 聲 名 ◯ 藉

3. 亡 ◯ 補 牢　　4. ◯ ◯ 無 聲

5. 一 箭 雙 ◯　　6. ◯ 死 ◯ 烹

7. 千 軍 萬 ◯　　8. 沉 ◯ 落 ◯

9. 風 聲 ◯ 唳　　10. ◯ 毛 ◯ 角

11. ◯ 程 萬 里　　12. ◯ 聲 ◯ 語

成語放大鏡

驕橫跋扈	形容驕傲放肆，目中無人。
馬革裹屍	用馬皮將屍體包起來。指軍人戰死於戰場。
耳濡目染	形容見得多、聽得多之後，無形之中受到影響。

fù shuǐ nán shōu

覆水難收

　　商朝末年，有個學識淵博、足智多謀的人物，他叫姜尚，也叫姜子牙。

　　姜子牙曾在商朝當一個小官，但因為不滿商紂王殘暴統治，所以辭了官，隱居在陝西渭水河邊。他希望有一天遇到一位開明的君主，讓自己大展拳腳。

　　平日裏，姜子牙的心思並不在生計上，家裏沒有收入，一貧如洗。姜子牙經常到小河邊釣魚，可是他的魚鈎是直的，要釣到魚並不容易。他的妻子馬氏一直嫌他窮，沒出息，日子久了，馬氏終於忍受不了，不願再和他一起生活。姜子牙一再勸說她留下，並說有朝一日自己必定會飛黃騰達。可是，馬氏認為姜子牙在空口說大話，不值得相信，堅持要離開他。

　　後來，姜子牙得到了周文王的信任和重用，

又幫助周文王的兒子周武王滅了商朝，建立西周。姜子牙獲分封在齊這個地方，並成為周朝很重要的輔政大臣，人稱姜太公。

這時，馬氏見到姜太公位極人臣，悔不當初，便找到姜太公，請求與他恢復夫妻關係。

姜太公早已看透了馬氏的為人，便把一盆水倒在地上，冷冷地對她說：「當初你選擇了離我而去，你我再無復合的可能。這好比覆水難收，倒在地上的水，再也收不回來了。」

「覆水難收」比喻事情已成定局，難以挽回。也作「覆水不收」。

　　傷人的話，一出口便如同潑出去的水，收不回來。即使最終兩人和好如初，但言語所造成的傷痕卻很難撫平。《荀子・榮辱》有一句很有道理的話，大意為：「充滿善意的話，比衣服還要溫暖；傷人的話，比矛戟這些兵器給人的傷害還要深。」俗語也有說：「甜言蜜語三冬暖，惡語傷人六月寒。」善意的話能讓人在冬天感受到溫暖，傷人的話讓人在六月也會感到寒冷。所以，平時我們要注意言語，不能口無遮攔，更不要因為一時盛怒就出口傷人。

　　除了不說傷人的話，有人還總結出說話的「八不講」：不講喪志氣的話，不講負氣的話，不講抱怨的話，不講傷害別人的話，不講自誇自大的話，不講假話，不講涉及機密的話，不講涉及別人隱私的話。你能做到這「八不講」嗎？

成語小貼士 💡

　　「覆水難收」還有另外一個類似的故事，是漢朝朱買臣和妻子崔氏的故事。故事模式與姜太公的相同，不過崔氏的下場要慘得多，她離開朱買臣後，淪為乞丐。得知覆水難收之後，她太過絕望，最後自盡身亡。

　　「覆水難收」的近義詞有成語「木已成舟」、「於事無補」、「為時已晚」。如果用在婚姻中時，「覆水難收」的反義詞可以是「破鏡重圓」。

成語歡樂谷

根據以下提示，猜一個成語。

❶

❷

❸

❹
水渠

成語放大鏡

位極人臣	官位達到人臣的最高一級，泛指身為重臣，官位很高。
木已成舟	比喻事情已成定局，不能改變。
破鏡重圓	比喻夫妻失散或決裂後重新團圓。

沆瀣一氣

「沆瀣（hàng xiè，粵音航械）一氣」講的是唐朝崔沆和崔瀣的故事。

晚唐時期，唐僖宗當政期間，京城長安舉行了一次大規模的科舉考試，吸引了全國各地的考生到京城應考。在眾多考生中，有一個叫崔瀣的讀書人，他是一個很有才華的人。主持這次考試的官員叫崔沆，他批閱試卷時，看到崔瀣的試卷，越看越覺得好，於是決定錄取崔瀣。

按照當時的習俗，考試及第的人，都算是主考官的門生，兩人成為老師和學生的關係。考中的人要尊稱主考官為恩師或座主，還要登門拜訪。崔瀣自然也不例外。

崔沆見到崔瀣一表人才，才華橫溢，又恭敬有禮，格外高興。說來也巧，這師生兩人不僅姓氏相同，名字中的「沆」、「瀣」二字合起來，

還可組成一個詞語。「沆瀣」這個詞表示夜間的水氣、霧露。於是，有人就把這師生兩人的名字連在一起，打趣道：「座主門生，沆瀣一氣。」意思是說，他們師生兩人像是夜間的水氣、霧露連在一起。

「沆瀣一氣」原本沒有絲毫貶低的意思，只是一句玩笑話。然而，據說崔瀣中舉後，獲朝廷任命了一個不錯的職位。有人心生嫉妒，便拿「沆瀣一氣」來暗指二人徇私舞弊，互相勾結。

後來，這個成語漸漸有了貶義色彩，泛指臭味相投的人結合在一起。

崔沆的父親崔鉉（xuàn，粵音遠）曾官至宰相。有說崔鉉小時候隨父親去拜訪畫家韓滉（huàng，粵音訪），韓滉想考考他，便指着架上的鷹讓他作詩。崔鉉接過紙筆，馬上寫了一首：「天邊心性架頭身，欲擬飛鷹未有因。萬里碧霄終一去，不知誰是解縧人。」韓滉看了很驚奇，讚歎說：「這孩子真可謂前程萬里啊！」後來崔鉉果然進士及第，身居高位。

這就是成語「前程萬里」的出處。

成語小貼士

「沆瀣一氣」的近義詞有「狼狽為奸」、「同流合污」，反義詞有「志同道合」、「肝膽相照」、「精誠團結」。

「沆瀣一氣」本來沒有貶義，但在發展過程中，詞義發生變化，用於形容臭味相投的人勾結在一起。和它一樣詞義發生轉變的成語還有很多，比如「勾心鬥角」。

唐朝詩人杜牧對寫下借古諷今的名篇《阿房宮賦》，通過描寫秦朝宮殿阿房宮的宏偉富麗，諷刺秦朝統治者奢侈的生活，以阿房宮的毀滅來總結秦朝亡國的經驗教訓。文中描寫阿房宮時有這麼一句：「各抱地勢，勾心鬥角」。這裏的「勾心鬥角」，用來形容宮室結構精巧細緻，樓閣和宮室中心相連，屋角相對，參差錯落，像在互相爭鬥。但是後來，這個詞的詞義發生轉變，有了貶義的色彩，用於指各種心機，相互排擠。

成語歡樂谷

根據以下提示，猜一個成語，填在圖框內。

1. 剪不斷，理還亂 —— ☐ 頭 ☐ 緒

2. 輕舟已過萬重山 —— ☐ 瀉 ☐ 里

3. 黃河之水天上來 —— 源 ☐ 流 ☐

4. 這山望着那山高 —— 見 ☐ 思 ☐

5. 於無聲處聽驚雷 —— 不 ☐ 凡 ☐

6. 一個巴掌拍不響 —— ☐ 掌 ☐ 鳴

7. 三十六計皆用盡 —— ☐ 計 ☐ 施

成語放大鏡

臭味相投	雙方的思想、興趣、作風等很投契，很合得來。現帶有貶義。
狼狽為奸	比喻互相勾結幹壞事。
志同道合	志向相同，思想相合。
肝膽相照	比喻以真心相見。
精誠團結	一心一意，團結一致。

竭澤而漁

jié zé ér yú

春秋時期，晉文公為了援助宋國，和楚國大戰於城濮（pú，粵音僕）。論實力的話，當時楚國佔了明顯優勢。

晉國有一個大臣叫咎犯，他是晉文公的舅舅，經常為晉文公出謀獻策。晉文公問咎犯：「敵眾我寡，這一仗該怎樣打呢？」

咎犯獻計說：「您可以用計謀欺騙楚軍，誘敵深入。」

晉文公又去徵求大臣雍季的意見。雍季語重心長地說：「弄乾池塘裏的水，然後去捉魚，哪會捉不到魚？但到明年就沒有魚可捉了。燒光山上的樹林，然後去打獵，哪會打不到獵物？但到明年就沒有野獸可獵了。咎犯這個計策偶爾可以用一下，但以後就不能再用了。欺騙他人的計謀，終究不是長遠之計。」

晉文公思前想後，想不出更好的辦法，於是採用了咎犯的計謀，把楚軍打得潰不成軍。但到了論功行賞的時候，雍季的獎賞高於咎犯。

　　其他大臣不理解，問道：「這次打勝仗，功勞是咎犯的，可是為什麼他拿到的獎賞沒有雍季的多呢？」

　　晉文公說：「咎犯的計謀有利於一時，而雍季的主張卻有利於百世。一時的用處，怎麼能比百世的功勞重要呢？」

　　「竭澤而漁」比喻取之不留餘地，只顧眼前利益，不顧長遠利益。

延伸小知識

與咎犯相比，雍季更懂得權衡眼前利益與長遠利益孰輕孰重，深謀遠慮。古代像晉文公一樣英明的帝王，往往未雨綢繆，無論做什麼事情，都高瞻遠矚，以長遠利益為目標。

古人也用「竭澤而漁」來探討人與自然之間的關係。

《淮南子・本經訓》認為在道德衰敗的年代，統治者命人不遺餘力地開鑿山石，製作奢侈的首飾器皿；扼殺幼獸，嚇得麒麟不敢露面；毀壞鳥卵，嚇得鳳凰不敢飛翔；放火燒山，獵殺禽獸；竭澤而漁，捕盡魚蝦。自然界中的新生命剛剛誕生就被人們肆意掠取破壞，導致自然秩序混亂，萬物枯萎。

現在人人講環保，主張要愛護環境，與自然和諧相處，其實中國古人早已有這樣的觀點。

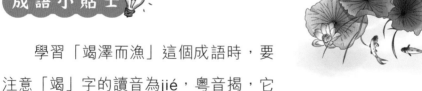

成語小貼士

學習「竭澤而漁」這個成語時，要注意「竭」字的讀音為jié，粵音揭，它的偏旁是「立」，不能錯寫成「口渴」的「渴」。這裏的「竭」意思是「乾涸」。同時，留意「漁」不能誤寫為「魚」。這裏的「漁」用作動詞，有「捕魚」的意思。

與「竭澤而漁」意思相反的成語有「從長計議」，意思相近的成語有「殺雞取卵」。

根據圖中提示，在空格裏填上合適的字，組成成語。

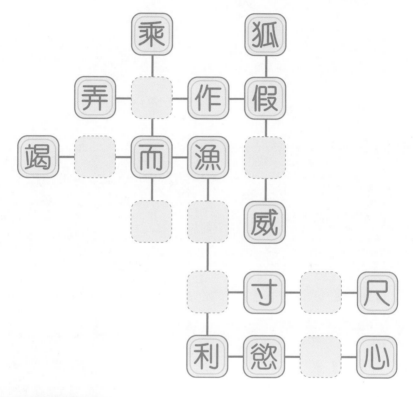

成語放大鏡

深謀遠慮	周密地計劃，往長遠裏考慮。
未雨綢繆	趁着天沒下雨，先修繕房屋門窗，比喻事先做好準備。
高瞻遠矚	形容眼光遠大。
從長計議	慢慢地多加商量，或指從長遠的角度考慮。
殺雞取卵	比喻只圖眼前的好處，損害了長遠的利益。

如魚得水
rú　yú　dé　shuǐ

　　漢朝末年，天下大亂，羣雄並起。劉備是漢室的宗親，劉備與結拜兄弟關羽、張飛討伐叛軍，立下軍功。後來，劉備被曹操打敗，只好依附在他的親戚劉表的軍隊中。

　　劉備胸懷大志，並不想長久地寄人籬下。正好這時徐庶向他推薦了諸葛亮，說諸葛亮是個難得的人才。當時，諸葛亮被稱為「臥龍」，龐統被稱為「鳳雛」，傳言諸葛亮和龐統這兩個人，只要得到其中一個，便能得到天下。

　　劉備為了請到諸葛亮協助自己得到天下，曾經多次親自到諸葛亮的茅廬拜訪他。諸葛亮被劉備的誠意打動，答應接見劉備，還向他分析天下形勢。

　　諸葛亮建議劉備東聯孫權，北抗曹操，先奪取荊州，站穩腳跟，再入川，與西南少數民族和

好，以鞏固在巴蜀的勢力。劉備聽後大喜，便請諸葛亮出山相助。諸葛亮看到劉備禮賢下士，具備仁德之心，於是同意助他一臂之力。

劉備拜諸葛亮為軍師，可是關羽和張飛見劉備對諸葛亮這麼信任和器重，心有不滿。劉備對他們解釋道：「我是魚，諸葛亮是水，我得到諸葛亮的輔助，就好像魚得到了水一樣。」

有了諸葛亮的幫助，劉備如虎添翼，最終在成都建立蜀國，與魏國的曹操、吳國的孫權三分天下，形成三足鼎立的局面。

「如魚得水」比喻有所憑藉，也比喻得到跟自己十分投合的人，或很適合自己的環境。

諸葛亮，字孔明，號臥龍，所以他又有諸葛孔明、臥龍先生等稱呼。他是三國時期蜀漢的丞相，也是傑出的政治家、軍事家、散文家、書法家、發明家。

諸葛亮對人開誠布公、胸懷坦誠。即便是自己的仇人，只要為國家盡忠效力，他就加以賞賜；哪怕是自己的親信，只要疏忽職守，他也照樣依例處罰。諸葛亮出任丞相一職，處事公正，獎罰分明，而且大小事務都親力親為，深得朝廷上下的支持和信任。

諸葛亮精於謀略，連曹操陣營的司馬懿都稱讚他為「天下奇才」。比如有一次，司馬懿來攻城，這時，諸葛亮城中的精銳部隊恰恰被派遣出去了，城中空虛，無人防守。情急之下，諸葛亮大膽地採用了「空城計」。他命令人打開城門，他自己坐在城頭，撫琴飲酒。司馬懿到了城下，看到諸葛亮這麼淡定，心中非常疑惑。他擔心城中有詐，懷疑這是圈套，便直接撤兵，怎知這樣就中了諸葛亮的「空城計」了。由此可見，諸葛亮足智多謀，而且臨危不亂，是不可多得的人才。

成語小貼士

「如魚得水」的近義詞有「如鳥投林」。

諸葛亮是有不少事跡和謀略，現時都成為了成語。除了「如魚得水」，和諸葛亮有關的成語還有「白帝托孤」、「七擒孟獲」、「草船借箭」、「三足鼎立」、「欲擒故縱」、「三顧茅廬」等。

　　帶「魚」字的成語有很多，以下句子說的是哪一個包含「魚」字的成語呢？把答案填在括號內。

1. 形容女子美麗。（　　　　　　）

2. 城門失火，大家都到護城河取水，水用完了，魚也死了。（　　　　　　）

3. 在混亂的時候從中撈取利益。（　　　　　　）

4. 爬到樹上去找魚。（　　　　　　）

5. 站在水邊想得到魚。（　　　　　　）

成語放大鏡

禮賢下士　　以前指帝王或大臣敬重有才德的人，降低自己的身分與他們結交。現多指社會地位高的人重視和延攬人才。

如虎添翼　　像老虎長了翅膀，形容強大的人或團體，在得到援助後變得更加強大。

水到渠成

　　北宋年間，宰相王安石想要改變北宋積貧積弱的局面，主張大刀闊斧地進行變法，並得到了宋神宗的支援。大臣章惇（dūn，粵音敦）支持變法，獲皇帝提拔，委以重任。可是，蘇軾因上書質疑變法，官職被越降越低。後來又有人藉機彈劾蘇軾，說蘇軾的奏摺和詩文裏面，隱含着對朝政的諷刺，使宋神宗對蘇軾不滿。這個案件被稱為「烏台詩案」。

　　章惇顧念與蘇軾同朝為官的情誼，替蘇軾開脫罪責。再加上皇太后和王安石的勸諫，才使蘇軾免去死刑，改為貶往黃州。

　　雖然暫時安全，但蘇軾知道危機還沒有完全解除。章惇此時在朝中舉足輕重，蘇軾認為自己需要先得到他的保護，也需要讓皇帝看到他改過自新的決心。於是，蘇軾給章惇寫了一封信：

「早在剛剛認識你時，我就說過，你是個奇才。對你來說，出將入相都是輕而易舉的事。我為朝廷能得到你這個棟樑之材而高興。我現在獲罪，追悔莫及。沒想到聖上開恩，給我改過自新的機會。你可能會擔心我再次犯錯，但請相信我一定痛改前非，絕不會重蹈覆轍。我平生不太會攢錢，又有七個孩子要養育，如今負債累累。平日裏穿布衣，吃粗食，擔心以後有一天會飢寒交迫。但是水到渠成，到時應該會有解決的方法。」

「水到渠成」指水流到的地方自然成為水渠，比喻條件成熟，事情自然會成功。

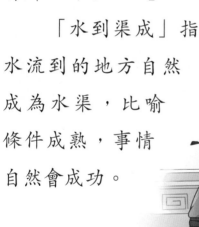

「水到渠成」指時機到了,自然成功。可是,要「水到渠成」,並不能什麼都不做,乾坐着等上天眷顧。一個人的成就,還是與他的付出有關係的。

人們常說「天時地利人和」,「水到渠成」的時機只是天時,是成功的合適時間,剩餘的「地利」和「人和」,還是需要我們自己去努力爭取。如果只是不切實際地空想成功,就是臨淵羨魚,是站在水邊什麼也不做,只眼巴巴地望着,渴望能得到魚,可這又有什麼用呢?古人說過「臨淵羨魚,不如退而結網」,想要魚,不能只靠空想,而要腳踏實地,用漁網去捕魚。

其實,並不是時間到了,便能成功,而是你堅持不懈地努力,換來了最終的瓜熟蒂落、水到渠成。

成語小貼士

「水到渠成」的近義詞有「瓜熟蒂落」、「順理成章」,反義詞有「無功而返」。古代人講道理總是很形象,喜歡用比喻的方式來說明一些人生哲理。比如,「瓜熟蒂落」指瓜熟了,瓜蒂自然脫落,指時機一旦成熟,事情自然成功。「迎刃而解」則用竹子打比方,指用刀把竹子劈開口,下面的竹子迎着刀刃會整個裂開,比喻主要問題解決了,其他有關的問題也可以很容易地解決。

下面哪些成語和「水到渠成」、「瓜熟蒂落」一樣，也用比喻的方式講道理？圈出適當的答案。

覆水難收	半信半疑
杯水車薪	肆無忌憚
小心翼翼	自作自受
刻舟求劍	一塵不染
波光粼粼	螳螂捕蟬

成語放大鏡

大刀闊斧	比喻辦事果斷而有魄力。
舉足輕重	所處地位很重要，一舉一動都關係到全局，影響力很大。
出將入相	出戰可為將，入朝可為相。舊時指人文武兼備。也指官居高位。
重蹈覆轍	再走翻過車的老路，比喻沒有吸取失敗的教訓，重犯過去的錯誤。蹈dǎo，粵音道。

水滴石穿
shuǐ dī shí chuān

　　西漢時期，漢景帝有感各地諸侯的勢力日益壯大，威脅着自己的帝位，於是接納了御史大夫晁（cháo，粵音瞧）錯的建議，削減各個諸侯國的特權，從而加強中央集權。

　　當時的吳王劉濞（bì，粵音譬）不滿被削權，便想聯合其他諸侯一起謀反。他手下的郎中枚乘不同意，寫了《上書諫吳王》去勸諫他：

　　「舜帝原本沒有立錐之地，卻獲得天下；大禹管轄的部落不過十戶人家，他卻能稱王。他們能獲得天下是因為他們施行仁政，聽取忠臣的建議。忠言逆耳，我願意效法忠臣，希望大王能聽聽我的肺腑之言。

　　「您本來可以享盡福樂安康，永遠保有王侯的威嚴，您的地位會像泰山一般安穩，不用擔憂。可您現在為什麼要謀反呢？您要想避免未來

的災禍，不如現在不去冒險，不去謀反。

「從泰山上滴下來的水能夠穿透石頭，拉緊的井繩可以磨爛水井的木樑。滴水本不是穿石的鑽頭，井繩本不是鋸木頭的鋸子，正因為日子久了，它們才有了這樣的威力。積累德行，雖然短期看不出有什麼好處，但時間久了，就能看到效果。同樣道理，雖然目前看不出謀反的危害，但時間久了，必然給自己招來災禍。希望大王三思。」

成語「水滴石穿」就是出自這裏，指水一直向下滴，時間長了，就能把石頭滴穿。比喻力量雖小，只要堅持不懈，持之以恆，事情就能成功。

　　枚乘的勸諫雖然有理，但吳王劉濞還是聯合另外六國的諸侯發動叛亂，這便是「七國之亂」。在古代，攻打帝王是謀反大罪，違反天道和君臣之道，所以劉濞他們打出了「請誅晁錯，以清君側」的口號。意思是說，晁錯是個奸臣，我們發兵並非想要逼景帝退位，也絕非謀反，只是要幫助皇帝清理身邊的奸臣。

　　為了讓叛軍退兵，景帝殺了晁錯，並派人赦免了叛軍的罪責，希望用晁錯的死換來暫時的太平。沒想到，劉濞覺得景帝軟弱無能，拒絕退兵，更自立為王。

　　枚乘說過「水滴石穿」，謀反必然招來災禍。果不其然，景帝降詔討伐，不到三個月，劉濞兵敗被殺，自招滅亡。

成語小貼士

　　與「水滴石穿」意思相近的成語有「磨杵成針」、「鍥而不捨」、「堅持不懈」。反義詞有「虎頭蛇尾」、「半途而廢」、「淺嘗輒止」、「功虧一簣」等。其中，「磨杵成針」與我們熟悉的大詩人李白有關。

　　李白小時候不喜歡唸書，常常翹課。一天，李白見到一位老奶奶在河邊磨一根鐵杵，說是要把這根鐵杵磨成繡花針。李白很懷疑能不能做到，老奶奶說：「只要功夫深，鐵杵磨成針。」李白受到啟發，從此發奮苦讀，最終成為很有文采的大詩人。

你知道哪些以「水」字開頭的成語?在圖框裏填入適當的字,把成語補充完整。

成語放大鏡

忠言逆耳	誠懇勸告的話,往往讓人聽起來不舒服。
肺腑之言	發自內心的真誠的話。
淺嘗輒止	稍微嘗試一下就停下來,指對知識、問題等不做深入研究。輒zhé,粵音接。

水深火熱

　　戰國時期，燕國爆發內亂，隔壁齊國的齊宣王乘虛而入，派兵攻打燕國。燕國百姓原本就對內戰不滿，這時更不願出力抵抗齊軍，致使齊軍短短幾十天就攻下燕國都城。齊軍入城後，到處欺凌百姓，燕國人紛紛起來反抗。

　　齊宣王向孟子請教，說：「齊國這麼短時間就能攻下燕國都城，這不是人力所能達成的，應該是上蒼的意願。我是不是應該順應天意，吞併燕國呢？」

　　孟子回答說：「齊軍獲勝，並非天意，而是因為燕國百姓生活在水深火熱之中，想讓您拯救他們。如果吞併燕國，當地百姓很高興，那就吞併它。如果百姓像現在一樣紛紛反抗，那就不要吞併它。」

　　齊宣王並沒有採納孟子的建議，堅持吞併

燕國。其他諸侯見狀，便計劃聯起來，對合抗齊國，解救燕國。

齊宣王又去問孟子：「其他諸侯要一起來討伐我，我該怎麼辦？」

孟子說：「商湯征戰天下時，殺掉各地暴君，愛護百姓，所以各地百姓都盼望他們來征伐，就像大旱盼望得到雨水一樣。現在齊國吞併燕國，殺戮百姓，到處破壞搶掠，怎麼能得到燕國百姓的支持呢？況且，各諸侯國本來就忌憚強大的齊國，如果齊國吞併了燕國，版圖會擴大一倍，而且齊國不施行仁政，他們自然要出兵抗齊。大王趕快撤離燕國，興許還來得及阻止諸侯聯軍出兵。」

後來，人們用「水深火熱」這個成語來形容人民生活處境異常艱難痛苦。

燕國在被齊國攻佔之後，元氣大傷。燕昭王即位後，決心復興燕國，報仇雪恨。為了儘快使燕國強大起來，燕昭王決心廣招天下賢士。他蓋了一座高台，裏面堆滿了黃金，作為招賢納士的費用，這座高台就叫「黃金台」。此舉吸引到不少能人志士來到燕國，包括從魏國來的樂毅。

樂毅幫助燕昭王改革政治和軍事，使燕國的軍事力量日益強大。之後樂毅又幫助燕王去游説其他國家，組成五國聯軍，大舉進攻齊國，一連攻下齊國七十多座城池。

春秋戰國時期，諸侯並起，各國逐鹿中原，戰亂不止。據説，春秋時期的戰爭近四百次，戰國時期也有二百多次。各國連年征戰，導致民不聊生，百姓處於水深火熱之中，過着顛沛流離的生活。孟子同情百姓，主張推行仁政，認為「春秋無義戰」，覺得那時的戰爭都不是正義的。

歷來有不少跟戰爭有關的成語，例如兵戎相見、兵荒馬亂、連天烽火、烽煙四起、血流成河、哀鴻遍野、速戰速決、化干戈為玉帛等等。

根據圖中提示，在空格裏填上合適的字，組成成語。

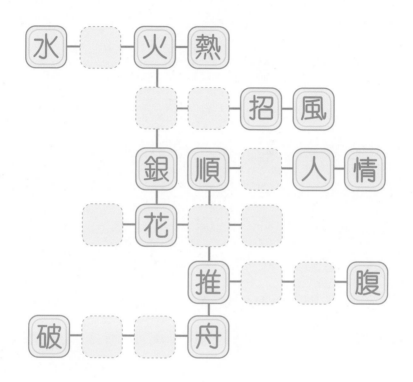

成語放大鏡

乘虛而入	趁對方力量虛弱時侵入。
報仇雪恨	指對侵略者或傷害者進行回擊，以解除過去的怨恨。
招賢納士	招攬、接納賢士。
民不聊生	指老百姓無法生活下去，形容人民生活困難。
顛沛流離	形容生活艱難，四處流浪。

隨波逐流

屈原是戰國時期楚國的三閭（lú，粵音雷）大夫，他博學多才，擅長外交辭令。可是，有些小人嫉妒他，在楚國國君面前詆毀他，使他被放逐到偏僻地方。

楚國國君忠奸不分，導致奸臣當道，楚國日漸衰微。秦國趁機進攻楚國，更攻下楚國都城郢（yǐng，粵音影⁵）都。亡國大勢已定，屈原雖有心報國，但楚國已回天乏術。

有一天，屈原來到汨（mì，粵音覓）羅江江邊。他臉色憔悴，披頭散髮，整個人像枯木一樣。一個漁翁看見他，就問：「您不是三閭大夫嗎？怎麼成了這樣？」

屈原說：「全世界渾濁不堪，只有我一個人乾淨。大家都喝醉了，只有我一個人清醒。因此我就被放逐了。」

漁翁説：「聰明賢能的人不會受到拘束，能順應世俗的變化。其他人都渾濁骯髒，您為什麼不隨波逐流呢？眾人都喝醉了，您為什麼不跟着喝酒呢？為什麼要保持高尚的品格，讓自己淪落到被放逐的境地呢？」

　　屈原説：「剛洗過頭的人，一定會用手撣去帽子上的灰塵。剛洗過澡的人，一定會抖掉衣服上的塵土。怎麼能讓清潔的身體去遭受塵埃污染呢？我寧願跳入水中，葬身魚腹，也不願蒙受世上的塵垢。」

　　屈原寫下《懷沙賦》，表達對祖國的懷念。之後，他跳進汨羅江，以死明志。

　　成語「隨波逐流」就是出自這個悲傷的故事，指隨着波浪起伏，跟着流水漂蕩，後來比喻自己沒有主見，隨着潮流走，缺乏判斷能力。

　　屈原投江後，百姓害怕河中魚蝦損傷他的軀體，便用糉葉包好食物投入江中，希望魚蝦吃飽後，不再傷害這位忠心報國的三閭大夫。從此以後，每年農曆五月初五的端午節，人們都會包糉子，紀念屈原。

　　人們懷念屈原，尊敬屈原，是因為他無論遭遇到怎樣的對待，始終憂國憂民，希望楚王知錯能改，做個明君；他明知忠貞耿直會招來禍患，卻始終如一，為了國家操勞奔走；他明知自己身臨險境，卻始終不肯離開楚國半步。

　　西漢的淮南王劉安認為，屈原的作品《離騷》體現了他不沾染世間污濁之氣的人格風範。

　　與「隨波逐流」意思相近的成語有「同流合污」、「看風使舵」，與它意思相反的成語有「堅定不移」、「特立獨行」。

　　不過，需要注意「隨波逐流」與「同流合污」的區別。「隨波逐流」偏重於沒有主見，追隨的對象不明確、不具體。「同流合污」偏重於指人「一起幹壞事」，對象多是明確的、具體的。

成語歡樂谷

下面的歇後語，後半部分都是四字成語，你能猜出來嗎？

1. 螃蟹過街 —— 橫行

2. 虎口拔牙 —— 膽大

3. 包公斷案 —— 鐵面

4. 水上的浮萍 —— ⬜⬜ 逐流

5. 哥哥怕弟弟 —— ⬜⬜ 可畏

6. 閻王爺貼告示 —— ⬜⬜ 連篇

成語放大鏡

回天乏術	比喻情勢或病情嚴重，無法挽救。
知錯能改	知道過錯，並能改正。
同流合污	隨着壞人一起做壞事。
特立獨行	指有操守、有見識，不隨波逐流。

滔滔不絕

　　唐玄宗時候的宰相張九齡是韶州曲江人，人
們又叫他「張曲江」。張九齡自幼天資聰慧，才
智過人，五六歲便能吟詩作對，被稱為神童。長
大後，張九齡應考科舉，考中之後開始任官，一
直官至宰相。他主張任人唯賢，廣攬人才，並設
置了選拔人才的專門機構。

　　平日裏，張九齡很注重自己的儀容和儀態，
總是服飾整潔，言行舉止端正有禮，風度翩翩。
唐玄宗很欣賞他，稱譽他的言行舉止為「曲江風
度」。在挑選人才時，唐玄宗會問：「他的風度
及得上張九齡嗎？」可見唐玄宗以張九齡的表現
作為衡量他人的標準。

　　張九齡還以善於言談而聞名。他見唐玄宗
疏於朝政，就多次進言勸諫，希望唐玄宗以朝政
為重。他與賓客們談論事情和各種經書時，總是

滔滔不絕，大發議論。後來由於得罪了權貴李林甫，張九齡被罷免了宰相職務。

五代後周的王仁裕在《開元天寶遺事‧走丸之辯》中記載：「張九齡口才奇佳，每次與賓客議論四書五經的宗旨，總是滔滔不絕，就像彈丸在斜坡上疾速滾動，不會停歇。」

「滔滔」用於形容流水不斷。「滔滔不絕」形容說起話來就像滾滾江水，連續不斷。

在文學方面，張九齡五六歲便能吟詩作對，出口成章，堪稱天才；在政治方面，他敢於直言進諫，任人唯賢，不趨炎附勢，是一個出色的政治家；在口才方面，他博學多才，與人談論時，總是滔滔不絕，口若懸河；在行為上，他舉止優雅，風度不凡。

這樣一位有膽識、有遠見的政治家、文學家、詩人、名相，為唐朝的盛世「開元之治」做出了卓越的貢獻。唐玄宗在宰相張九齡的輔助下，把國事處理得井井有條，在政治、經濟、外交等方面都有顯著的功績。

成語小貼士💡

「滔滔不絕」與「口若懸河」意思相近，但仍有一些細微的差別。「滔滔不絕」偏重於形容說話流暢，而「口若懸河」偏重於形容口才好。

在這個世界上，每個人都有一張嘴，有的人善於演講，總是口若懸河、高談闊論；有的人牙尖嘴利，一開口便巧舌如簧、顛倒黑白；有的人不輕易說話，選擇三緘其口；有的人則信口雌黃，信口開河；有的人心中有話卻說不出來，苦於笨嘴拙舌；有的人有話想說卻說不得，只能噤若寒蟬。

我們用成語來描寫人物言行的時候，可以留意各成語之間的區別，選取合適的用語，讓自己的表達豐富多變。

「滔滔不絕」的前兩個字是疊字。你還知道哪些像它一樣，前兩個字是疊字的成語？把下面的成語補充完整。

1. ◯ ◯ 有詞　　2. ◯ ◯ 相惜

3. ◯ ◯ 不休　　4. ◯ ◯ 不捨

5. ◯ ◯ 自語　　6. ◯ ◯ 為營

7. ◯ ◯ 有禮　　8. ◯ ◯ 可憐

9. ◯ ◯ 了事　　10. ◯ ◯ 私語

成語放大鏡

任人唯賢	任用德才兼備的人，而不管他跟自己的關係是否密切。
巧舌如簧	舌頭靈巧得就像樂器裏的簧片一樣，形容能説會道，善於狡辯。
三緘其口	形容説話十分謹慎，不肯或不敢開口。緘jiān，粵音監。
信口雌黃	不顧事實，隨口亂説。
噤若寒蟬	像寒秋的蟬不再鳴叫，形容不敢作聲。

一衣帶水

東漢滅亡後，中國進入魏晉南北朝時期，出現了好幾個割據政權，分分合合，好不熱鬧。後來，北方由隋國統一，南方還剩下一個陳國。兩個政權之間隔着一條長江。

當時陳國的統治者名叫陳叔寶，他生活奢侈，一登基就命人用檀香木造了三座富麗堂皇的新樓，樓下有假山假水，又有各種名貴的花草樹木。花一開，幾十里外都能聞到香氣。陳叔寶和他最寵愛的三個妃子分別住在這三座樓裏面，天天吃喝玩樂，不管國家大事。有才能的大臣都被他氣走了，留在朝廷裏的全是些奸佞小人。

由於他大興土木，奢侈無度，國庫裏的錢總不夠花，陳叔寶就沒完沒了地逼着百姓做苦工，繳重稅，弄得民怨沸騰。

消息傳到北方隋國，隋文帝楊堅對宰相高熲

（jiǒng，粵音炯gwing²）説：「我身為一國之君，就像天下百姓的父母一樣，難道要我眼睜睜地看着百姓被人奴役？難道因為有這麼一條像衣帶一樣窄的江水阻隔，就不去搭救他們嗎？」緊接着，隋文帝下令修建戰船，並發布詔書，歷數了陳叔寶的數十條罪狀，宣告渡江討伐陳國。

不過，陳叔寶恃着有長江阻隔，一點也不在意。隋國大軍渡過長江，浩浩蕩蕩地攻向陳的都城建康，捉到了陳叔寶，陳國滅亡，隋文帝統一天下。

·名家點評·

「一衣帶水」出自《南史·陳後主紀》，是隋朝去平陳的時候，隋文帝説的一句話「豈可限一衣帶水不拯之乎」。意思是説，老百姓在那兒等着我們呢，怎麼能因為一條衣帶那麼窄的江水，就不去拯救他們呢？

蒙曼

中央民族大學歷史系副教授

延伸小知識

陳叔寶其實是一個很有才華的文學家，他寫過一首非常有名的詩歌，名為《玉樹後庭花》。直到兩百年後，唐朝詩人杜牧還在詩中寫到，酒樓歌女在演唱這首詩歌。

不過，陳叔寶身為一國之君，卻沒有盡到皇帝的責任，不懂治理國家，也不勤於政務。歷史記載，他每次上朝時，都把自己最喜歡的妃子張麗華帶在身邊，讓張麗華幫他做決定，所以他成為亡國之君是可以想像得到的。

像陳叔寶這樣的皇帝，歷史上可不止一個。三百多年之後，也是在南京這個地方（當時名為金陵），出了個南唐後主李煜（yù，粵音旭）。李煜的藝術造詣遠超陳叔寶，但「可憐生在帝王家」，政治上的無能導致滅國的結局，這也是命運對他的嘲弄。

成語小貼士

「一衣帶水」指一條衣帶那樣窄的水面，形容一水之隔，往來方便。這個成語有點特別，語法結構屬於偏正式，「一衣帶」是「水」的修飾語。不要誤會它是分成「一衣」和「帶水」兩部分。

和「一衣帶水」意思相近的成語有「近在咫尺」、「比鄰而居」、「山水相連」。其中，「一衣帶水」強調的是雙方相隔江水，「山水相連」強調的則是兩個地方的陸地邊界連接在一起。

「一衣帶水」的反義詞有「萬水千山」、「天各一方」、「遠隔重洋」等，都是相距很遙遠的意思。

這座成語迷宮裏，有好多與「衣」字有關的成語，你能把它們全都找出來嗎？

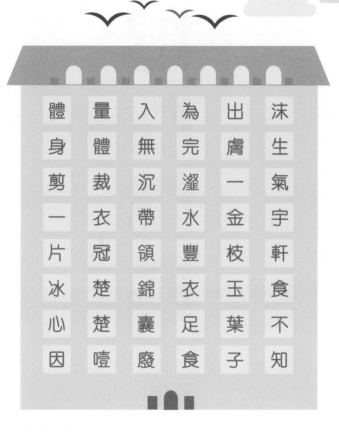

體	量	入	為	出	沫
身	體	無	完	膚	生
剪	裁	沉	濯	一	氣
一	衣	帶	水	金	宇
片	冠	領	豐	枝	軒
冰	楚	錦	衣	玉	食
心	楚	囊	足	葉	不
因	噎	廢	食	子	知

成語放大鏡 🔍

大興土木	大規模興建土木工程，多指蓋房子。
近在咫尺	形容距離很近。
比鄰而居	住在隔壁，形容住得很近。

成語小狀元

看完這本書，你是不是覺得自己已經滿腹經綸、學富五車了呢？
快來參加成語科舉，看看你能不能成為成語小狀元吧！

在本書目錄中選擇合適的成語，填在下面的橫線上，使句子意思完整。

第一關：鄉試

1. 桌上的蛋糕不翼而飛，只見小弟弟拿着沾滿奶油的叉子站在一旁，東張西望的樣子，真是 _____。

2. 使用電子錢包的做法日漸普遍，要是當年提出這個想法的人 _____，又怎麼能開創新局面呢？

3. 自古以來，中國和西方都有不少勤政愛民的統治者，也有貪圖享樂、終日沉迷在 _____ 裏的昏君，他們的行為，已反映了當時國家的強弱興衰。

4. 在機械人大賽裏面，我們的機械人以 _____ 的攻勢，衝向對方陣營，對方無力招架，節節敗退。

5. 這些國際連鎖快餐店原本只售賣漢堡包和薯條，但在不同國家或地區的分店，都會 _____，推出適合當地人口味的食品。

6. 香港的面積不大，常被人說成是 _____，但在這裏居住的人口已超過七百萬。

7. 人們常說「機會是留給有準備的人的」，我們要努力裝備自己，不愁以後無 _____。

8. 小明向來是體育健將，今年轉學到體藝學校之後，更是 _____，盡情發揮所長。

9. 那支籃球隊在去年的比賽中慘痛落敗，今年加強訓練，_____，誓要打入決賽，登上領獎台。

10. 在中國傳統思想裏面，父母照顧子女、子女孝順父母是 _____ 的事，但是西方人認為，每個人都是獨立的個體，父母和子女可以有各自的生活。

11. 新聞報道說，那幢大廈有一個住戶的冷氣機短路起火，火勢波及樓上住戶，真是 _____。

12. 聖誕聯歡會有天才表演的環節，同學們 _____，各顯神通，看得大家拍案叫絕。

13. 小明跟同桌同學因一點小事而賭氣，他們在兩張課桌中間留了一道空隙，說是 _____，雙方不能越界。

14. 這部戰爭電影裏面，無數士兵為了國家和家人，不惜犧牲自己，＿＿＿＿＿＿，讓人十分感動。

15. 那位老伯伯花了多年時間，想把這片荒地變成菜園，即使被人說成是＿＿＿＿＿＿，也不減興致。

第二關：會試

16. 工人們夜以繼日地辛勤工作，終於在茫茫大海上建起一座人工島，堪稱現代版的＿＿＿＿＿＿。

17. 你送給我的這份禮物，對我意義很大，＿＿＿＿＿＿，我會好好珍惜。

18. 這間文具店的老闆曾開過小吃店，可是失敗收場，如今＿＿＿＿＿＿，希望創出一番成就。

19. 宋太祖趙匡胤建立宋朝後，擔心和自己一同打天下的將士會威脅到他的皇位，便＿＿＿＿＿＿，杯酒釋兵權，解除了大將們的兵權。

20. 政府在正式實行垃圾收費之前，先＿＿＿＿＿＿，諮詢公眾意見。

21. 這首交響曲聽起來慷慨激昂、＿＿＿＿＿＿＿＿，使人跟着激動振奮。

22. 我們在考試中已經盡了最大的努力，即使＿＿＿＿＿＿＿，也不會失望。

23. 這部著作記錄了香港由小漁村變成國際都會的經過，而且有大量珍貴的資料和圖片，值得＿＿＿＿＿＿＿。

24. 爺爺說，我們家鄉以前有大片的農田和樹林，現在卻高樓林立，真是＿＿＿＿＿＿＿。

25. 琴聲從他的指尖傾瀉而出，時而急速，時而緩和，這種＿＿＿＿＿＿＿般的美妙音樂，有多少人懂得欣賞呢？

26. 宋代的包拯鐵面無私、＿＿＿＿＿＿＿，是歷史上有名的清官，人們稱他為「包青天」。

27. 山火火場的面積很大，火勢猛烈，儘管消防隊出動多條水喉灌救，也只是＿＿＿＿＿＿＿，作用不大。

28. 那些村民反對政府徵收土地，多日來靜坐抗議，他們明知是＿＿＿＿＿＿＿，但為了保護家園，也要盡力一試。

29. 如果再輸掉這場比賽，我們就無法參加今年餘下的賽事，大家只有 _____，和對手拼到底。

30. 別看現在這裏沒半個人影，一到假日，這裏就會人山人海，_____，十分熱鬧。

第三關：殿試

31. 小明平日説話有理有據，能言善辯，在這次辯論賽上也是 _____，更取得了最佳辯論員的獎項。

32. 他去完旅行回來，一見到朋友，就忍不住 _____ 地説起自己的旅行見聞。

33. 我們已做好準備，等到時機成熟，自然 _____，不用太過着急。

34. 這個推銷員口才極佳，講的話説服力強，似有生公説法，_____ 的本領，難怪很多人向他購買貨品。

35. 我們説話前要想一想，不要輕易説出傷人心的話，因為這些話一説出口，_____，後果可能很嚴重。

36. 這宗貪污案揭發之後，人們才知道，這個商人用大量金錢收買官員，他們 _____，幹了很多違法的事。

37. 人類和大自然裏的動植物都是地球上的住戶，如果人類只是為了自己的利益，任意破壞環境，_____，終有一天會毀掉我們共同生活的家園。

38. 如果一個人沒有目標，凡事都沒有自己的意見，只是 _____，這樣他就等於失去了自我，不知道自己存在的意義了。

39. 雖然姐姐很遲才開始學鋼琴，而且學得比較慢，但是 _____，她堅持每天練習，一段日子之後，已經能彈得很好了。

40. 在世界地圖上，有些國家與鄰近地區雖然隔着河水或山脈，但它們是 _____ 的鄰邦。

41. 這支足球隊自去年拿到大賽冠軍之後，日益驕傲，很少練習，結果在這次比賽中 _____，一球都沒進。

42. 我們不要因為垃圾的數量減少了，就以為解決了環境污染問題，其實這樣是 _____，不見泰山。

43. 我們現時生活安定，能吃飽穿暖，但地球上有不少人生活在 ＿＿＿＿＿＿ 之中，飽受戰爭、饑荒等問題折磨，等待我們伸出援手。

44. 有實力的人，即使現時只是一個小人物，經過一番努力後，會有 ＿＿＿＿＿＿ 的一天。

45. 一個人應該有廣闊的胸襟，＿＿＿＿＿＿，不要因為小事或者一時之氣而與人計較。

成語小擂台

經過「成語小狀元」的三關考驗後，仍然意猶未盡？這一次，試與身邊的朋友一起登上「成語小擂台」，選出代表答案的英文字母，看誰能答對更多題目吧！

1. 下面哪個成語，與「名落孫山」的意思相近？

　　A．名列前茅　　　　　B．金榜題名

　　C．榜上無名　　　　　D．虛有其名

2. 下面哪個成語，與「東山再起」的意思相近？

　　A．捲土重來　　　　　B．大張旗鼓

　　C．另起爐灶　　　　　D．風起雲湧

3. 以下哪一項**不符合**成語故事「投石問路」的描述？

　　A．施世綸的官印被盜了。

　　B．施世綸派管家施安去保護官印。

　　C．施世綸中了賊人的圈套，暴露了藏有官印的地方。

　　D．施世綸用投石問路的策略，找出藏有官印的地方。

4. 下面哪個成語，與「水滴石穿」的意思相反？

　　A．江河日下　　　　　B．半途而廢

　　C．持之以恆　　　　　D．鍥而不捨

5. 以下哪一項符合成語故事「滄海桑田」的描述？

　　A．麻姑邀請王遠前來聚舊。

　　B．麻姑見證了東海三次變成桑田。

　　C．麻姑看到東海現時揚起了灰塵。

　　D．麻姑應王遠的邀請前去蓬萊仙島。

6. 成語故事「藏之名山」裏，司馬遷計劃將《史記》藏到名山裏，
　　原因是

　　A．他遵從父親的遺囑才這樣做的。

　　B．他不願意把知識傳授給其他人。

　　C．留待日後傳給跟自己志同道合的人。

　　D．現在的人看不明白《史記》的內容。

成語歡樂谷 · 參考答案

P.7
殃及池魚、魚躍龍門、門當戶對、對症下藥、藥到病除、
除暴安良、良莠不齊、齊心合力、力爭上游

P.11
1. 酒池肉林　2. 對酒當歌　3. 借酒消愁
4. 舊瓶新酒　5. 花天酒地　6. 美酒佳餚

P.15
答案可有多個，以下僅供參考：
不勞而獲　/　不聞不問　/　不可勝數
越俎代庖　/　越古超今
雷霆萬鈞　/　雷電交加　/　雷厲風行
池中蛟龍　/　池魚籠鳥

P.19
1. 一見如故　2. 九牛一毛　3. 三言兩語　4. 逆來順受

P.23
1. 彈盡糧絕；彈dàn，粵音但
2. 荷槍實彈；彈dàn，粵音但
3. 彈絲品竹；彈tán，粵音壇
4. 槍林彈雨；彈dàn，粵音但
5. 對牛彈琴；彈tán，粵音壇
6. 動彈不得；彈tán，粵音但

P.27
1. 有板有眼　2. 賊眉鼠眼　3. 開山鼻祖　4. 油嘴滑舌
5. 鼻青臉腫　6. 摩肩接踵　7. 心猿意馬　8. 沁人心脾
9. 肝膽相照

P.31
1. 以卵擊石　　2. 無牽無掛　　3. 坐立不安
4. 溫文爾雅　　5. 穿針引線

P.35
答案可有多個，以下僅供參考：
天經地義 ／ 天荒地老 ／ 天崩地裂 ／ 天高地厚 ／
天造地設 ／ 天寒地凍 ／ 天翻地覆 ／ 天南地北 ／
天昏地暗 ／ 天旋地轉 ／ 天長地久 ／ 天搖地動

P.39
1. 一敗塗地　　2. 二龍戲珠　　3. 三陽開泰　　4. 四面楚歌
5. 五穀豐登　　6. 六神無主　　7. 七上八下　　8. 八面玲瓏
9. 九牛一毛　　10. 十全十美

P.43
1. 悲喜交加　　2. 多此一舉
3. 四腳朝天　　4. 旁門左道

P.47
1. 用武之地　　2. 草木皆兵　　3. 兵不厭詐
4. 止戈為武　　5. 鳴金收兵　　6. 調兵遣將
7. 孤軍作戰　　8. 兵荒馬亂

P.51
1. 百發百中、百年好合、此地無銀三百兩
2. 八面玲瓏、孟母三遷、五臟俱全
3. 心無二用、學富五車、十面埋伏
4. 九霄雲外、入木三分、連中三元

P.55
1. 開天闢地　　2. 出手不凡　　3. 自身難保
4. 原形畢露　　5. 變化多端　　6. 裏外不是人

P.59
1. 翻江倒海　　2. 海誓山盟　　3. 海底撈針
4. 滄海一粟　　5. 飄洋過海　　6. 海市蜃樓
7. 恩深似海　　8. 刀山火海

P.63
排山倒海、瞞天過海、名揚四海、百川歸海、移山填海

P.67
后羿射日、夸父追日、開天闢地、煉石補天、嫦娥奔月、
火眼金睛、水漫金山、天衣無縫、滄海桑田

P.71
排山倒海、地動山搖、山珍海味、青山綠水、
天涯海角、氣吞山河、精衛填海

P.75
1. 項羽　　2. 劉邦　　3. 張良　　4. 季布　　5. 韓信

P.79
略。

P.83
1. 能言快語　　2. 對答如流　　3. 出口成章 ／ 出口成文
4. 妙語連珠　　5. 能言善辯　　6. 語驚四座
7. 伶牙俐齒　　8. 侃侃而談 ／ 娓娓而談

P.87　1. 積土成山　2. 泰山壓頂　3. 坐吃山空　4. 排山倒海

P.91
1. 藏之名山，傳之其人　2. 一夫當關，萬夫莫開
3. 一人得道，雞犬升天　4. 高山流水，知音難覓
5. 一着不慎，滿盤皆輸

P.95
1. 上下一心　2. 東倒西歪　3. 天南地北
4. 內剛外柔　5. 思前想後　6. 左顧右盼
7. 前車之鑒　8. 日落西山

P.99
答案可有多個，以下僅供參考：
1－2：高山流水 / 千山萬水 / 攀山涉水 / 奇山異水
3－6：山窮水盡 / 山明水秀 / 山清水秀 /
　　　山高水低 / 山光水色 / 山長水遠

P.103
1. 名列前茅　2. 名副其實
3. 名山大川　4. 名勝古跡

P.107
1. 千鈞一髮　2. 出人頭地　3. 焦頭爛額
4. 揚眉吐氣　5. 另眼相看　6. 嗤之以鼻
7. 掩耳盜鈴　8. 一葉障目　9. 劈頭蓋臉
10. 唇齒相依　11. 三頭六臂　12. 感人肺腑
13. 一手遮天　14. 口蜜腹劍

P.111

答案可有多個，以下僅供參考：

大智若愚 ／ 愚不可及

克己奉公 ／ 公私分明 ／ 公私不分 ／ 公報私仇

斗轉星移 ／ 寸步難移 ／ 移風易俗 ／ 移花接木

不識泰山 ／ 放虎歸山 ／ 山窮水盡 ／ 山明水秀

P.115

形容忠臣：一身正氣、鐵面無私、正氣凜然、

剛正不阿、克己奉公、兩袖清風

形容奸臣：貪贓枉法、草菅人命、以權謀私、

禍國殃民、橫徵暴斂、巧取豪奪

P.119

答案可有多個，以下僅供參考：

開門見山、東山再起、山窮水盡、氣吞山河、

放虎歸山、刀山火海、坐吃山空

P.123

1. 聲東擊西　　2. 無中生有　　3. 以逸待勞

P.127

落井下石、文不加點、不枉此行、頑石點頭、點石成金、

頭昏眼花、花容月貌、水到渠成、義不容辭、鏡花水月

P.131

1. 一日三秋、三陽開泰、三教九流

2. 三緘其口、梅開二度、五穀不分

3. 三顧茅廬、四腳朝天、説一不二

4. 三更半夜、入木三分、半生不熟

P.135 杯水車薪、薪盡火傳、傳道授業、業精於勤、勤工儉學、學富五車、車水馬龍、龍馬精神、神通廣大、大材小用、用武之地、地久天長、長年累月、月滿則虧 ／ 月盈則虧

P.139
1. 病入膏肓　　2. 千鈞一髮　　3. 不勞而獲
4. 背水一戰　　5. 濫竽充數　　6. 破釜沉舟
7. 風聲鶴唳　　8. 原形畢露

P.143
1. 對牛彈琴　　2. 聲名狼藉　　3. 亡羊補牢
4. 鴉雀無聲　　5. 一箭雙雕　　6. 兔死狗烹
7. 千軍萬馬　　8. 沉魚落雁　　9. 風聲鶴唳
10. 鳳毛麟角　　11. 鵬程萬里　　12. 鶯聲燕語

P.147
1. 覆水難收　　2. 拖泥帶水
3. 萍水相逢　　4. 水到渠成

P.151
1. 千頭萬緒　　2. 一瀉千里　　3. 源遠流長
4. 見異思遷　　5. 不同凡響　　6. 孤掌難鳴
7. 無計可施

P.155 乘虛而入、弄虛作假、狐假虎威、竭澤而漁、漁翁得利、得寸進尺、利慾薰心

P.159　1. 沉魚落雁　　2. 殃及池魚　　3. 混水摸魚
　　　　4. 緣木求魚　　5. 臨淵羨魚

P.163　覆水難收、杯水車薪、刻舟求劍、螳螂捕蟬

P.167　水到渠成、水漲船高、水乳交融、
　　　　水中撈月、水火不容、水深火熱

P.171　水深火熱、火樹銀花、樹大招風、順水人情、
　　　　順水推舟、鏡花水月、推心置腹、破釜沉舟

P.175　1. 橫行霸道　　2. 膽大包天　　3. 鐵面無私
　　　　4. 隨波逐流　　5. 後生可畏　　6. 鬼話連篇

P.179　1. 振振有詞　　2. 惺惺相惜　　3. 喋喋不休
　　　　4. 戀戀不捨　　5. 喃喃自語　　6. 步步為營
　　　　7. 彬彬有禮　　8. 楚楚可憐
　　　　9. 草草了事　　10. 竊竊私語

P.183　一衣帶水、量體裁衣、衣冠楚楚、錦衣玉食、豐衣足食

成語小狀元・參考答案

第一關：鄉試（P.185）

1. 此地無銀三百兩　　2. 不敢越雷池一步　　3. 酒池肉林

4. 排山倒海　　　　　5. 因地制宜　　　　　6. 彈丸之地

7. 用武之地　　　　　8. 如魚得水　　　　　9. 捲土重來

10. 天經地義　　　　11. 殃及池魚　　　　12. 八仙過海

13. 楚河漢界　　　　14. 肝腦塗地　　　　15. 愚公移山

第二關：會試（P.187）

16. 精衛填海　　17. 重於泰山　　18. 東山再起　　19. 過河拆橋

20. 投石問路　　21. 氣壯山河　　22. 名落孫山　　23. 藏之名山

24. 滄海桑田　　25. 高山流水　　26. 執法如山　　27. 杯水車薪

28. 以卵擊石　　29. 背水一戰　　30. 車水馬龍

第三關：殿試（P.189）

31. 口若懸河　　32. 滔滔不絕　　33. 水到渠成　　34. 頑石點頭

35. 覆水難收　　36. 沆瀣一氣　　37. 竭澤而漁　　38. 隨波逐流

39. 水滴石穿　　40. 一衣帶水　　41. 一敗塗地　　42. 一葉障目

43. 水深火熱　　44. 出人頭地　　45. 海納百川

成語小擂台・參考答案

P.192

1. C　　2. A　　3. D
4. B　　5. B　　6. C

顧問團
（按姓氏筆畫排列）

余世存　詩人、學者、作家

畢淑敏　作家、註冊心理諮詢師

傅秋爽　北京市社會科學院文化所研究員

楊　雨　中南大學文學院教授

蒙　曼　中央民族大學歷史系副教授

蔣方舟　作家

韓田鹿　河北大學文學院教授

酈　波　南京師範大學文學院教授

感謝以下人員的大力支持與幫助：

尹蓮　宋虹　陳曉暉　景淑芬

趣說成語的故事　自然篇

編　　著：《中國成語大會》欄目組
策　　劃：關文正
責任編輯：陳友娣
美術設計：游敏萍　陳雅琳
出　　版：新雅文化事業有限公司
　　　　　香港英皇道 499 號北角工業大廈 18 樓
　　　　　電話：（852）2138 7998
　　　　　傳真：（852）2597 4003
　　　　　網址：http://www.sunya.com.hk
　　　　　電郵：marketing@sunya.com.hk
發　　行：香港聯合書刊物流有限公司
　　　　　香港新界大埔汀麗路 36 號中華商務印刷大廈 3 字樓
　　　　　電話：（852）2150 2100
　　　　　傳真：（852）2407 3062
　　　　　電郵：info@suplogistics.com.hk
印　　刷：美雅印刷製本有限公司
　　　　　九龍觀塘榮業街 6 號海濱工業大廈 4 字樓 A 室
版　　次：二〇一九年二月初版
　　　　　二〇二〇年七月第二次印刷

原書名：我的智慧成語世界：兒童彩繪版 • 成語裏的江河湖海
《中國成語大會》欄目組　編著
中文繁體字版 © 我的智慧成語世界：兒童彩繪版 • 成語裏的江河湖海 由接力
出版社有限公司正式授權出版發行，非經接力出版社有限公司書面同意，不得
以任何形式任意重印、轉載。

ISBN: 978-962-08-7198-6
© 2019 Sun Ya Publications (HK) Ltd.
18/F, North Point Industrial Building, 499 King's Road, Hong Kong
Published and printed in Hong Kong